PUBLISHED BY EDITION AUTORENFLÜSTERIN

IMPRESSUM

Die Autorenflüsterin
Dr. Barbara Prill
Sandhöhe 8A
21435 Stelle
www.dieautorenfluesterin.de
Texte: Copyright Liv Gray
Cover: Edition Autorenflüsterin unter Verwendung von Bildlizenzen von Shutterstock.com, AdobeStock, Canva
Lektorat: Edition Autorenflüsterin
Homepage: https://dieautorenfluesterin.de/

INHALT

Der 'Burning Man' schlechthin!

Eigentlich wollte ich nur meiner Freundin auf dem 'Burning Man' aushelfen...

Eigentlich wollte ich mit dem geil aussehenden Typen bloß ein Nümmerchen schieben...

Eigentlich dachte ich mir, sein Raumschiff wäre bloß ne coole Kulisse...

Eigentlich machte ich bloß einen Scherz, als ich sagte, dass er mich auf seinen Planeten mitnehmen sollte und ich bei ihm bleiben würde, wenn er mir gefällt...

Spaß beiseite!

Der Typ ist Klasse.

Sein Planet irre gefährlich.

Die Schriftzeichen, die ich in den Katakomben entdecke, der Traum jedes Sprachwissenschaftlers.

Eigentlich bin ich im Paradies gelandet!

Wäre da nicht die drohende Apokalypse...

Sind Sie neugierig darauf, wer die Predator erschaffen hat und ob die weibliche Person für diesen Jäger bestimmt ist, dann klicken Sie jetzt auf 'Kaufen'.

Eine Bewertung/ Rezension/ Feedback ist für uns Autoren sehr wichtig, daher würde ich mich freuen, wenn ihr nach dem Lesen, den Moment nehmt und eine Rezension schreibt.
Vielen Dank, Liv Gray.

Find me on Spotify:
Playlist zu Predator's Bride - Band 2

https://open.spotify.com/playlist/5Dt3qiTbbE2SvZMoeunE1u

VORWORT

Liebe/r Leser/in,

dieses Buch hat mir alles abverlangt, mich viele Nerven und Tränen gekostet. Irgendwann war ich so verzweifelt, dass ich nicht mehr weiterschreiben konnte. Es musste eine schwierige Entscheidung getroffen werden und ich konnte sie einfach nicht treffen. Es hat mich buchstäblich auseinandergerissen. Am nächsten Tag widersprach ich meinen Gefühlen und entschied mich für die Option, die ich sonst nicht gewählt hätte. Aber mein Herz hatte am Ende recht behalten. Abgesehen von vielen Tränen war ich am Ende sehr glücklich, denn genauso musste es sein! Ich hoffe, dass ihr es auch sein werdet.

Vielleicht wisst ihr, wovon ich rede, wenn ihr das Buch gelesen habt. Manchmal ist es wichtig, durchzuhalten, seinen Glauben nicht zu verlieren und nicht vorzeitig aufzugeben.

Das Buch richtet sich an alle, die an die wahre Liebe glauben und egal wie schwer es auch sein mag: Gebt die Lieben niemals auf!

Und nun wünsche ich euch viel Spaß mit dem neuen Predator, der einen besonderen Platz in meinem Herzen hat.

Eure Liv Gray.

INHALT

PROLOG

Es ist Monate her, seit ich Yerxes Prime verlassen habe. Und doch kreisen meine Gedanken um Aria. Ich erinnere mich noch genau daran, was mir passiert ist, als ich sie zum ersten Mal sah. Etwas Mächtiges regte sich in mir. Etwas, vor dem ich mich zunächst fürchtete und nicht kannte ... Meine Libido war erwacht und brachte all das Elend über mich, das ich noch nie zuvor gekannt hatte. Es kontrollierte mich und verwandelte mich in ein Monster, das seine Triebe nicht im Griff hatte. Ich bin zu weit gegangen und habe fast alles von Bedeutung zerstört. Und doch kann ich nicht aufhören, an ihren nachgiebigen weiblichen Körper zu denken, der in meinen Armen zitterte.

Zu ihrem und meinem eigenen Wohl musste ich gehen und versprach, alles wieder in Ordnung zu bringen. Deshalb wollte ich alles über unsere Herkunft und die Experimente herausfinden. Ich war so nah dran, aber mir kam etwas in die Quere … Jetzt bezweifle ich, dass ich mein Wort halten werde ...

KAPITEL 1

Eigentlich mag ich den Herbst nicht. Aber da Burning Man jedes Jahr im September in Nevada stattfindet und meine verrückte Freundin zu den dortigen Künstlern gehört, hat sie mich überredet, dieses Mal mitzukommen.

»Bist du sicher, dass wir am richtigen Ort sind?«, frage ich und versuche mich anhand der Schilder zu orientieren.

Sie streicht über ihren schwarzen Bob und sieht mich entspannt an. »Ja. Wir nehmen nur eine kleine Abkürzung, das ist alles.«

»Ich hoffe, dass wir irgendwann dort ankommen … Wenn ich an all die Horrorfilme denke, die in so einem Ödland spielen …«

»Du hast definitiv zu viel ferngesehen.«

»Na schön! Dann sag doch nicht, ich hätte dich nicht gewarnt!«

»Das werde ich nicht. Übrigens nochmals vielen Dank, dass du eingesprungen bist. Liana hat im letzten Moment abgesagt. Ich frage mich, ob Glen wieder gewalttätig geworden ist. Sie sollte ihn wirklich verlassen.«

»Ich hasse Männer, die Frauen Gewalt antun!«

»Ich auch. Deshalb habe ich sie erst einmal satt!«

»Im Grunde geht es mir nicht anders. Zumal ich im Moment andere Sorgen habe, als mich auf die Männer zu fixieren.«

»Ja, zum Beispiel meine Show rocken!«

»Mit der Kleidung kann es nur großartig werden!« Ich trete als Model in Nancys Show auf. Hoffentlich kann ich diesen einen wilden Tanz aufführen, den ich einstudieren musste. Der Bohème-Stil, in dem die Kleider gefertigt sind, gefällt mir.

»Du bist der Star, Baby! Mit deinen aschblonden, langen Haaren und hellen, blauen Augen wird es etwas Einzigartiges sein. Die Männer werden dir zu Füßen liegen«, sagt sie und zwinkert mir zu.

»Na ja, hoffentlich geht es etwas kultivierter zu. Denn was ich im Fernsehen gesehen habe, war alles andere als das.«

»Keine Sorge, Rick und Clyde werden sich um uns kümmern.« Ich kenne die beiden durch Nancy und sie sollten schon beim Festival sein, um unsere Bühne aufzubauen. Ehrlich gesagt habe ich Angst vor dem Scheitern. Etwas, das ich noch nie zuvor gemacht habe, sorgt für extremes Lampenfieber. Ich schnappe nach einer Zeitung und fächele mir Luft zu.

»Bist du aufgeregt?«, fragt mich Nancy.

»Was denkst du? Klar! Aber ich werde es irgendwie schaffen. Sonst werde ich zum Gespött der Nation.«

»Oh, die Leute sind cool und du wirst es auf jeden Fall schaffen!« Auch wenn sie davon überzeugt zu sein scheint, bin ich immer noch etwas skeptisch. Um mich zu erfrischen, hole ich mir eine Flasche Mineralwasser und trinke ein paar Schlucke. Und plötzlich fahren wir in eine Wand aus Sand hinein. Es ist extrem windig und der ganze feine Sand wird in meterhohen Staubwänden aufgewirbelt. Na, prima! Ein Sandsturm, ehrlich? Ich seufze auf und Nancy fährt langsamer.

Nachdem wir diesen Punkt passiert haben, sehe ich all die kleinen runden Zelte, die entlang der Straße in einer Reihe nebeneinander aufgestellt sind. Es sind Hunderte, und je näher wir dem gesamten feiernden Volk kommen, desto schneller steigert sich meine Laune. Die meisten fahren Fahrrad und sind verrückt gekleidet. Sowohl die Männer als auch Frauen. Sie tragen das, worauf sie Lust haben, ohne

Tabus und ohne Scham. Für mich ist das etwas völlig Neues. Als würde man in eine andere Welt eintauchen.

Dann erreichen wir unsere Bühne, die die Männer bereits aufgebaut haben. Daneben hängen drei große, geflochtene Kugeln etwa einen Meter über dem Boden. Die Innenseite ist hohl und in der Mitte ist ein Netz gespannt. Auf diesen Netzen liegen mehrere Menschen. Es ist ein bisschen wie ein Trampolin und eine moderne Hängematte. Wer weiß, was der Künstler sich dabei gedacht hat. Aber es sieht cool aus.

Nancy parkt das Auto direkt neben dem Wohnwagen, mit dem die Männer gekommen sind.

»Nimm deine Sachen und zieh dich im Wohnmobil um«, sagt sie und steigt aus. Ich folge ihr und nachdem sie den Kofferraum geöffnet hat, hole ich meine Sachen heraus. Ich beeile mich und lasse die Hitze hinter mir. Zum Glück gibt es hier eine Klimaanlage. Ich packe langsam meine Tasche aus und setze mich vor einen Spiegel, um mich zu schminken. Mit Glitzer- und Neonfarben, die im Dunkeln leuchten, setze ich Akzente auf Gesicht, Arme, Finger, Dekolleté und Beine. Jetzt sind meine Haare an der Reihe, da die Show im Bohemian-Stil ist, hat mir Nancy heute Morgen ein paar lange, dünne Zöpfe geflochten und mit Federn geschmückt. Jetzt bringe ich die künstlichen Dreadlocks in meiner Mähne an, sodass ich eine Mischung aus Indianerin und einer nordischen Frau darstelle.

Schließlich schlüpfe ich in die Kleidung, die Nancy selbst anfertigt. Das kleine Oberteil, das ich trage, ist weiß und gehäkelt. An ihm sind kleine weiße Muscheln angebracht. Das Ding reicht bis unter meine Brust und hat lange Fransen am Saum befestigt, die auf Höhe der Knöchel enden. Nun ziehe ich einen kleinen Slip an, der ebenfalls mit Muscheln dekoriert ist. An meinen Oberarmen und Handgelenken sind Armbänder befestigt, ebenfalls mit passenden Muscheln und Fransen verziert.

Nancy kommt vorbei, sie ist schon angezogen und hilft mir, weiße Indianersymbole auf meine gebräunte Haut zu malen, eine Ausnahme zu meinem sonst nordischen Aussehen.

Die Sonne geht schnell unter und das Meer aus Neonlichtern erwacht zum Leben. Es reisen Tausende Menschen zum Festival an. Lichtbalken schießen in den Himmel und die verrücktesten Nachtschwärmer lauschen den Acts der coolsten DJs der Welt. Die Leute feiern und es fließt viel Alkohol. Sie sind im Schwärmen unterwegs und ich bin mittendrin.

»Bist du bereit?«, fragt Nancy.

»Ja!« Auch wenn ich wirklich aufgeregt bin.

»Dann los: Showtime!«, ruft sie und unser DJ Loonel, der bereits in den Startlöchern steht, legt einen coolen Mix auf.

»Hallo Nachtschwärmer! Ich bin Nancy Cold und mache innovative, naturbezogene Mode! Sind Sie bereit, den neuen Lebensstil a la Nature zu begrüßen?« Nancy fragt das Publikum über das Mikrofon und die Menge dreht durch.

»Ja…«, erklingt es einheitlich. Sie pfeifen und applaudieren.

»Dann präsentiere ich euch die Boho-Woman! Eine moderne Frau voller Coolness, die ihre Wurzeln zu Mutter Natur nicht verloren hat! Aviana, mein Model und Sängerin, wird euch musikalisch ein bisschen einheizen!«

‚Sängerin' ist übertrieben, aber ich konnte schon immer gut singen und habe schon einige Lieder geschrieben. Auch wenn ich sie nie veröffentlichen werde, sind meine Träume in den Versen festgehalten.

Wir gehen auf die Bühne und beginnen mit dem einstudierten Tanz. Die Musik vibriert in jeder Zelle meines Körpers. Etwas liegt in der Luft und ich weiß, dass etwas Bedeutendes passieren wird ... Es ist, als würde sich über mir eine Sturmzelle aufbauen ... Ich bin wie unter Drogen, alle Lichter verschwimmen zu einem riesigen Meer aus bunten Neonwellen. Ich bewege mich erotisch zu sanften Klängen der Musik. Als mein Part kommt, nehme ich das Mikrofon in die Hand. Und jetzt lasse ich mein Herz sprechen, denn dieser Text ist von mir an meinen Traummann … Wo auch immer er gerade sein mag, das ist für ihn!

»If you were the one,
I would hold you.
If you were my destiny,
I would love you
I just haven't met you
and don't dare hope for it anymore.
If you exist, then find me,
If I'm right, then love me...
I'm waiting for you, more than before...«[1]

Jetzt kommt eine schöne musikalische Passage. Ich setze mich auf einen Barhocker, den die Männer mitten auf die Bühne gestellt haben, und singe das Lied weiter. Gleichzeitig spüre ich eine Verbindung zum Kosmos, als ob ich in diesem Moment eine

---

[1] Wenn du der Richtige wärst,
würde ich dich halten.
Wenn du mein Schicksal wärst,
würde ich dich lieben.
Nur habe ich dich nicht getroffen
und wage nicht mehr darauf zu hoffen.
Wenn es dich gibt, dann finde mich
Wenn ich recht habe, dann liebe mich …
Ich warte auf dich, mehr als zuvor …

höhere Ebene, die nächste Ebene erreiche ... Und ich beginne mit dem Refrain:

»Find me,
hold me,
kiss me,
love me ...
The way I'll hold you, kiss you, love you...«[2]

Die partywütige Menge tobt, es wird getanzt und einige singen mit. Ich bin beeindruckt von diesen enormen Gefühlen, die ich mit allen Menschen teile. Und dann fängt mein gleitender Blick IHN ein. In der Mitte steht ER. Ein riesiger Fremder, verkleidet in einer Art Rüstung und einer Vollgesichtsmaske. Sein intensiver Blick geht mir unter die Haut. Ich kann es sogar durch den Helm spüren. Er ist so heiß und könnte der Inbegriff eines Sexgottes sein ... Sein wahnsinniger Körper und seine beeindruckende Größe verblüffen mich völlig. Er überragt alle. Allerdings geht er, wie viele andere auch, vermutlich auf Stelzen. Kein Mann kann so groß sein wie er. Denn wenn ich schätzen müsste, würde ich sagen, dass er locker die 2,40m überragt. Ich versuche mich zu konzentrieren, während meine Gedanken

---

[2] Refrain: Finde mich, halte mich, küsse mich, liebe mich ...
So wie ich dich halten, küssen, lieben werde ...

abschweifen. Und als würde ich nur für ihn singen, beende ich das Lied und schaue ihm in die Augen, wenn man das so nennen kann.

»Because only with you can I be who I am ...«[3]

Beim letzten Satz schließe ich die Augen und spüre, wie mein Herz spricht. Ja, ich sehne mich so sehr nach einem Mann, der mich so liebt, wie ich bin. Und ich würde ihn genauso lieben. Dieser Moment ist so emotional, dass ich mit den Tränen kämpfen muss. Ich weiß nicht, was mit mir los ist. Ich blinzele die aufsteigende Feuchtigkeit weg und sehe für einen Moment alles verschwommen. Meine Sicht wird schärfer, aber ich sehe ihn nicht mehr. Nervös schweifen meine Augen über das applaudierende Publikum, aber ich kann ihn nirgendwo erkennen, als wäre er nur das Produkt meiner Fantasie ... Oder war es nur ein Traum?

»Du bist ein neuer Star! Habe ich nicht gesagt, dass du das Zeug dazu hast?!«, sagt Nancy begeistert und zieht mich in ihre Arme, bevor sie mir das Mikrofon fast entreißt.

»Aviana Love. Ich bitte um Applaus!«, fordert sie. Aus Lovejoy wurde Love, mein Künstlername. Ich habe ihn mir erst vor einer Woche überlegt, seit ich

---

[3] Denn nur mit dir kann ich die, die ich bin sein ... (Text by Liv Gray)

zugestimmt habe, Nancy bei der Show zu helfen. Und es ist alles so aufregend. Meine Musik und Nancys Mode kamen beim Publikum gut an. Sie gibt mir das Mikrofon zurück.

»Ich danke euch. Ohne euch wäre diese Musik nicht so lebendig!«

»Avi, wir lieben dich!«, kommt es vom Publikum. Das darf doch nicht wahr sein! Stehen sie wirklich auf meine Musik? Ich hätte nie gedacht, dass es irgendjemandem gefallen würde. Und jetzt könnte ich vor Freude heulen. Allerdings habe ich dafür keine Zeit, nicht einmal zum Durchatmen. Die Show geht weiter und wir wechseln zwischendurch unsere Kleidung. Am Ende schlüpfe ich in dasselbe Outfit, das ich am Anfang der Show trug und singe das Abschlusslied. Es ist lange her, seit ich diese Musik geschrieben habe. Damals glaubte ich noch an die wahre Liebe.

***

Es ist ungefähr vier Uhr morgens, als die Show endet. Und während die Jungs alles für die Nacht absichern, gehen wir in eines der Zelte, um etwas zu trinken.

»Du solltest es tun und Sängerin werden! Deine Musik ist großartig!«, sagt Nancy.

»Übertreibe es nicht!« Obwohl es schön wäre, bin ich anderer Meinung. »Es ist einfach ein Fest.«

»Nicht irgendein, nein, es ist der verdammte Burning Man!«, sagt sie. »Auf unseren Erfolg!«, fügt sie prostend hinzu und ich trinke einen Shot nach dem anderen. Ich muss kurz auf die Toilette und verlasse das Zelt.

Ich renne schnell über den großen Platz, vorbei an einer gemütlichen Ecke mit drei Wänden aus Holz. Dieser Platz ist mit Lichterketten geschmückt. Die Sofas sind mit Fell ausgelegt und haben jede Menge Kissen, alles ist im Bohème-Stil gehalten.

Ich trete auf den am Boden liegenden Teppich und gehe an den Laternen vorbei, die an jeder Ecke im Sand stehen. Natürlich ist die Sofalandschaft von wild küssenden Paaren bevölkert. Ich seufze und schaue weg. Plötzlich stolpere ich und falle ... Es gibt einen kurzen Blitz und ich lande relativ sanft auf großen, starken Armen. Aber ich spüre etwas Kaltes, Hartes und ich erkenne diesen FREMDEN, der in dieser megaheißen Verkleidung steckt.

»Tzruck!«, kommt es lediglich von ihm und seine dunkle, tiefe Stimme, die irgendwie knackt, geht mir sofort unter die Haut. Er hilft mir auf und ich muss meinen Kopf weit in den Nacken legen, um sein Gesicht zu sehen. Mein Gott, er ist wirklich so groß!

»Danke…«, murmele ich und bevor ich noch etwas sagen kann, höre ich meine Freundin nach mir rufen. »Avi, warte«, brüllt sie, als sich seine großen

Hände von meinen Armen lösen. Ich drehe mich um und sehe, wie sie auf mich zukommt. Einen Moment später schaue ich wieder zu der anderen Seite, aber der Fremde ist nicht mehr da. Aber das ist unmöglich! Wo ist er hin? Es scheint, als hätte er sich in Luft aufgelöst. NEIN! Ich gucke mich fast panisch um, drehe mich in alle Richtungen, aber ich kann ihn nicht finden. Habe ich ihn mir nur eingebildet? Ich fange an, an meinem Verstand zu zweifeln. Oder habe ich durch die Hitze einen Sonnenstich bekommen? Nancy holt mich ein. »Ich muss auch für kleine Mädchen!«, sagt sie.

»Hast du ihn gesehen?«, frage ich nervös, das Herz klopft in meiner Brust. Ich spüre noch immer seine starken Arme, in denen ich für einen Moment lag. Pure Männlichkeit hat mich für einen Augenblick aus dieser Welt entführt ...

»Wen gesehen?«, will sie wissen und schaut sich um.

»Na ja, den Fremden, der hier gerade neben mir stand!« Auch ich betrachtete die Landschaft zum gefühlten tausendsten Mal. Aber er ist nicht da und weit und breit keine Spur von ihm.

»Nein, ich habe niemanden gesehen!«

»Das darf doch nicht wahr sein! Ich bin gestolpert und er hat mich aufgefangen. Dann hast du nach mir gerufen, ich habe mich umgedreht und danach war er weg!«

»Es tut mir leid, aber ich konnte nur dich erkennen«, beteuert sie.

»Aber das ist unmöglich. Ich verstehe das nicht!«

»Vielleicht hast du zu viel getrunken?« Ich wusste, dass sie jetzt damit kommen würde. Aber nein, das ist nicht der Grund! »Ich bin nicht verrückt!«

»Das habe ich nicht gesagt. Ich glaube, es war ein langer, ereignisreicher Tag. Lass uns auf die Toilette gehen und danach noch ein bisschen zusammensitzen!«

Ich seufze. »Meinetwegen.«

Zurück im Zelt trinke ich noch ein paar Gläser Bier. Und mir geht der Fremde einfach nicht aus dem Kopf. Mist!

»Ich habe eine Überraschung für dich«, sagt Nancy irgendwann. Meine Gedanken brechen zusammen, als sie mir einen Stick reicht.

»Was ist das?«, möchte ich ratlos wissen.

»Dein Live-Auftritt heute. Du hast ein großes Talent, Süße. Nimm dir Zeit und denk darüber nach. Ich würde dich gerne bei meinen anderen Veranstaltungen dabeihaben. Mode und Musik lassen sich wunderbar kombinieren!«

»Oh, Gott, hast du es aufgenommen?«

»Ja. Und es ist großartig!«

»Du bist verrückt. Aaaaah und du bist die Beste! Danke.« Ich umarme meine Freundin. Hat sie recht und ich sollte es versuchen?

»Es ist immer schön, dich wieder lächeln zu sehen.«

EINE STUNDE SPÄTER

Mir ist schlecht, wir haben definitiv zu viel getrunken. Aber ich kann mich immer noch zusammenreißen. Wir verlassen das Festzelt und gehen zurück zu unserem Wohnwagen.

Ich falle genau so ins Bett, wie ich bin. Im weißen Outfit und dem Make-up im Gesicht … das kann bis morgen warten.

Doch bevor ich einschlafen kann, wird mir wieder schlecht. Ich schieße hoch und schnappe mir eine Flasche Wasser. Aber das hilft mir nicht und ich renne nach draußen. Während meine Freundin schläft, übergebe ich mich mitten in der Wüste beim Black Rock Dessert. Bei 80.000 Festivalbesuchern ist es eine eigene Welt, die ich schnuppern durfte. Davon habe ich definitiv zu viel geschnuppert … Mein Magen rumort und ich bringe eine weitere Ladung Mageninhalt in den Sand. Scheiße! Ich muss meine Beine vertreten und meinen Bauch beruhigen. Ich spüle meinen Mund mit Wasser aus und nehme ein paar Schlucke, während ich losmarschiere.

Der Wohnwagen wird immer kleiner, als ich in die Wüste vordringe und auf eine bizarr schöne Landschaft stoße. Der warme Wind wirbelt durch meine langen Haare und die Fransen meines Oberteils. Der Rand unserer Galaxie stürzt in den Horizont hinab. Die Milchstraße ist so schön und ich habe noch nie so viele Sterne auf einem Haufen gesehen. Plötzlich fühle ich mich so klein und einsam. Ich setze mich in den Sand und trinke noch ein paar Schlucke, bevor ich zurückgehe. Als jedoch hinter mir die Äste brechen, zucke ich zusammen.

»Hast du Feuer?«, kommt es gleich von einem Typen, der plötzlich neben mir sitzt. Ein zweiter kommt hinzu. »Na, was machst du denn ganz alleine in der Wüste?«

»Ich rauche nicht und ich bin nicht allein!«, sage ich.

»Hm… Aber ich sehe hier niemanden außer dir, richtig, Stan?«

»Ja, niemanden außer dieser kleinen Schlampe!«, sagt der zweite Mann undeutlich. Sofort durchläuft mich ein eiskalter Schauer und ich bin in Alarmbereitschaft. Was soll ich machen? Die beiden sind auf der Suche nach Ärger und führen nichts Gutes im Schilde.

»Komm zu Papa, du geile Fotze!«

»Lass uns sie ficken, Alter!« Dieser Steve spricht undeutlich, als er sich über die Lippen leckt und Angst durchströmt mich. Die beiden sind betrunken. Es war ein Fehler, den Wohnwagen zu verlassen. Wird irgendjemandem überhaupt auffallen, dass ich nicht da bin? Und selbst wenn, die Wüste ist riesig. Wie sollen sie mich hier finden?

Sie öffnen ihre Hosen, um ihre Beulen zum Vorschein zu bringen. Einer fährt mit der Hand über seinen ausgebeulten Schritt und macht eine Kussbewegung in meine Richtung.

Der Zweite springt auf mich und stößt mich in den kühlen Sand. Ich trete direkt gegen sein Schienbein und kassiere eine fette Ohrfeige. »Bitch!«, bellt er und seine Hand schlägt mir erneut ins Gesicht. Ich kämpfe verzweifelt gegen ihn, meine Füße graben sich in die sandige Wüste. Die Angst macht mich starr, als ich sein Gewicht auf mir spüre. Sein harter Schwanz springt aus seiner Hose, als er ihn aus dem engen Gefängnis befreit. Und der zweite macht es ihm nach. Ihr warmer Atem berührt mich in unregelmäßigen Zügen. Ihre gierigen Finger greifen nach meinem Fleisch und graben sich zwischen meine Beine.

»Nein, bitte nicht!«, schreie ich verzweifelt, als sie mein knappes Höschen packen. Sie versuchen, es von meinem Körper zu reißen. Ich strampele mit den Beinen, als wäre ich ein wildes Pferd. Aber je mehr ich mich ihnen widersetze, desto rauer werden sie. Was sind das für Typen, die Frauen Gewalt antun wollen? Ich spüre ihre Hände auf meinem Körper und ihre gierigen Zungen streifen über meinen Bauch. Panisch schreie ich so laut ich kann: »Hilfe ... Bitte hilf mir, jemand!« Meine Gedanken verlieren sich, als ich spüre, wie mein Höschen nach unten rutscht. Die Verzweiflung treibt mir Tränen in die Augen und ich rufe weiter um Hilfe, aber wer wird mich hier hören?

Das war's dann, kommt es mir in den Sinn, als einer der Bastarde seinen Schwanz herausholt und ihn gegen meine Mitte drückt. Ich schließe meine Augen, weine und schlage ihn, als sich der Druck verstärkt. Und plötzlich blitzt ein strahlender türkisfarbener Blitz auf. Der Typ sackt über mir zusammen, als es ein zweites Mal aufleuchtet. War das ein Blitz? Meine Augen weiten sich schnell und ich sehe, wie der eine Bastard von mir gerissen wird. Er fliegt durch die Luft und landet neben seinem Kumpel. Die beiden bleiben regungslos liegen und ich schaue mich ängstlich um. Und wie aus dem Nichts taucht dieser Fremde wieder vor mir auf. Er hält eine Art Waffe in der Hand. Hat er sie erschossen? Aber das war keine gewöhnliche Waffe, ein Teaser vielleicht? Ich kenne keine Waffen, die Blitze abfeuern. Und dieser Teaser sieht so anders aus, als wie ich es kenne. Ich bin völlig überrascht und leicht überwältigt. Die Männer liegen immer noch herum und sehen tot aus. Hat er sie getötet? Meine Augen hüpfen wie Tischtennisbälle zwischen den ‚Leichen' und dem mysteriösen Fremden.

»Du …« Ich starre ihn an. Als hätte ich die Sprache vergessen oder meine Zunge verschluckt, versucht mein Gehirn zu begreifen, was gerade passiert ist. Während mich eiskalte Schauder durchströmen, bildet sich in meinem Kopf ein schwarzes Loch. Dafür habe ich keine Erklärung! Vielleicht träume ich nur, denn das kommt mir im Moment alles mehr als surreal vor. Der Schock sitzt tief in meinen Knochen. Und gleichzeitig überkommt mich eine unkontrollierbare Wärme, als mir klar wird, dass mein Retter vor mir steht.

»Du bist der Mann aus dem Publikum?!«

Es folgen Knacklaute von ihm, die siedend heiß in meiner Haut vibrieren und Gänsehaut breitet sich auf mir aus. »Danke«, kommt mehr gehaucht als gesagt mir über die Lippen. »Wo kommst du her? Du … warst so plötzlich da …«, will ich wissen. Als ob er sich beamen könnte. Doch er wirkt abgelenkt und fummelt an seiner hochmodernen Armmanschette herum, die über ein erweitertes Digitalpanel verfügt.

»Ich bin dir gefolgt«, sagt er beiläufig. »Und jetzt bist du meine Beute!«

»Beute? Was in aller Welt…«

»Du gehörst mir!« Er packt mein Handgelenk und ein roter Lesestrahl schießt aus einem kleinen Dreieck in seiner Vollvisiermaske auf meine Haut. Es geschieht so schnell, dass ich nicht einmal blinzeln kann. Sofort erscheinen irgendwelche Hieroglyphen auf meinem Handgelenk als eine Art Branding. Scheiße, das tut weh ... Tränen laufen über meine Wangen. »Was zum Geier …«

Verdammt, er ist sehr groß! Ich neige meinen Kopf nach hinten, sodass sich meine Sehnen im Hals anspannen. Je näher er an mich herankommt, desto kleiner fühle ich mich. Meine Fransen peitschen meine erhitzte Haut, ich ziehe mich ein paar Schritte zurück. Er bleibt nicht stehen und holt mich schnell ein. Seine Maske senkt sich, er scheint mich anzusehen, aber ich starre in völlige Dunkelheit. Groß, bedrohlich und so heiß, dass sein Aussehen mich elektrisiert. Ich halte den Atem an, während seine Rüstung sich in meine Haut gräbt und Angst durch meine Adern pulsiert. »Wer bist du? Hast du einen Namen?«, frage ich, während er mich hochhebt, um mich über seine eiserne Rüstung über die Schulter zu werfen. Seine feurigen Finger brennen sich in meinen Oberschenkel, während er mich mit großen Schritten aus der Wüste trägt. Warum bin ich so aufgeregt, anstatt auszuflippen? Jeder Schritt, den er macht, vibriert bis in seine Rüstung. Und dann sehe ich unter mir eine Art stählerne Rampe, die er hinaufgeht.

»Ah, ich verstehe, du bist ein Darsteller in der Filmindustrie?!«

Er lässt es unkommentiert im Raum stehen. Als wir in einem Raumschiff ankommen, es sieht zumindest so aus, lässt er mich runter. Ich bin erstaunt, wie groß es ist und es wirkt so fremd auf mich.

»Wow, das sieht so echt aus! Moment! Du bist dieser Predator aus den gleichnamigen Filmen, oder?«

»Ja, ein Predator, du hast es erfasst!«, sagt er leicht überrascht und ich grinse breit. Ja, ich mag diese Filme wirklich. Trotzdem kann ich nicht glauben, dass das alles gerade passiert. Dass ich in der geilsten Kulisse ever mich umsehen darf.

»Darf ich mir dein Raumschiff ansehen?« Ich gehe auf Flirtkurs. Er tippt wieder an seiner digitalen Armstulpe herum. »Und was wirst du jetzt tun, intergalaktischer Krieger, mich entführen?«

»Eigentlich bin ich ein Jäger-Berserker … und ja, ich bringe dich auf meinen Planeten«, sagt er düster und seine samtige, tiefe Stimme vibriert in mir. Aha!

Er steht auf Rollenspiele. Na, schön, dann mache ich mit! »Dann mach es doch und wenn es mir dort gefällt, bleibe ich bei dir!«

»Du hast sowieso keine andere Wahl, Frau! Ich habe dich erbeutet und deshalb gehörst du von nun an mir!« In seinem dunklen Ton liegt eine raue Dominanz und er packt mich noch mehr. *Ich wünschte nur, du wärst echt. Ein außerirdischer Krieger, der für mich die Sterne vom Himmel holt ...* Nichts hält mich in dieser schrecklichen Welt zurück. Verlassen von eigenen Eltern, bei Tante Brianna aufgewachsen, bis sie das Zeitliche segnete. Nun bin ich allein, nur Nancy würde mir fehlen und mein Studium vielleicht ein bisschen, aber damit bin ich fast fertig ... Ansonsten passieren so schreckliche Dinge auf der Erde, dass ich einfach die Schnauze voll davon habe. Aus diesem Grund, ja! Wenn er echt wäre, hätte ich auch ja gesagt.

»Du lässt nicht mit dir reden?«

»Richtig!« Er steht mitten im Raum und um ihn herum erscheint plötzlich ein bläuliches Hologramm-Ball. Darin wird der Weltraum angezeigt und die Koordinaten werden mit seltsamen Zeichen dargestellt. Wow, das wirkt mehr als echt. Und diese Zeichen kommen mir bekannt vor. Ich studiere Sprachwissenschaften, mein Schwerpunkt ist die sumerische Sprache und sie hat es mir angetan … Und diese hier sieht der Alten sehr ähnlich.

Er vergrößert einen der Bereiche auf der Karte, indem er die Lichtkarte in der Blase erweitert und auf etwas tippt, während das »Schiff« zu vibrieren beginnt.

Auch wenn ich noch betrunken bin, erleuchtet mich ein Geistesblitz. Kann es eigentlich sein, dass es ein echtes Raumschiff und er ein Außerirdischer ist? Oder will er mir einfach imponieren?

»Nein, du bist nicht wirklich ein Außerirdischer, oder?« Während ich auf seine Antwort warte, gehen feinste Vibrationen über den Boden, dann ertönt ein ohrenbetäubender Lärm und ich werde hart auf den Boden gedrückt.

»Was passiert hier?«

»Sieh aus dem Fester!«, sagt er und macht eine Geste mit dem Kopf. Ich schaue aus dem Panoramafenster, das sich vor meinen Augen aufklärt, hinaus. Mein Gott! Ist es vielleicht ein Traum? Ich bin fasziniert von der tiefen Schwärze, die uns umgibt, und mein Herz zieht sich zusammen, als ich den blauen Planeten hinter uns sehe. Die Erde, mein Zuhause. »Entweder bist du ein Mega-Schauspieler mit den besten Spezialeffekten, oder … du kommst von einem anderen Stern! Bist du ein Alien?«

»Predator, Jäger-Berserker, das bin ich.«

Mein Herz bleibt für einen Moment stehen und ich versuche es zu verstehen, als mich plötzlich etwas so stark zu Boden zieht, dass ich denke, ich werde zerquetscht. Und dann sehe ich nur noch fliegende, glitzernde Linien, die an uns vorbeirasen.

»Was passiert hier?«

»Das sind Sterne, die wir mit Lichtgeschwindigkeit betrachten.«

»Lichtgeschwindigkeit? Ich dachte, das wäre nur bei Star Trek möglich!«

»Ich weiß nicht, wovon du sprichst!«

»Filme?«

Er sieht mich fragend an. »Es spielt keine Rolle. So etwas gibt es auf der Erde nicht! Aber ich möchte wissen, was du mit mir vorhast?!«

KAPITEL 2

Was ich mit ihr will? Das ist eine gute Frage, denn vor Kurzem glaubte ich zu wissen, warum ich die Menschenfrau gerettet und mitgenommen habe. Aber im Moment bin ich überfordert. Ja, bestimmte Instinkte sind in mir erwacht. Ich habe das Bedürfnis, mich mit dem Weibchen zu paaren. Andererseits habe ich keine Ahnung, wie das geht. Ich meine, ich weiß, wohin mein Schwanz hineingehört. Aber so etwas habe ich noch nie gemacht. Und dann ist da noch die Frage: Was soll ich sonst mit ihr anstellen? Sie ist im Moment so etwas wie ein verletztes Tier, das ich töten wollte, aber nur verwundet habe ...

»Also, was hast du vor?«

»Ich will meine Mission beenden!«

»Mission? Und was ist mit mir?«, will sie wissen.

»Für dich zu gefährlich. Ich bringe dich zu mir nach Hause auf meinen Planeten!«

»Und dann gehst du weg?«

Gute Frage, was mache ich, wenn ich sie nach Yerxes Prime gebracht habe?

»Magst du Fleisch?«, frage ich, weil mir beim besten Willen keine plausible Antwort einfällt. Ich habe einfach keine Ahnung, was ich mit einer Frau machen soll. Auch wenn ich Keno mit seinem Weibchen beobachtet habe, wie sie miteinander umgehen... Nein. Für mich ist es ein Rätsel.

»Fleisch?«

»Vergiss es!« Es ist dumm, ihr solche Fragen zu stellen. Normalerweise bin ich nicht gut in der Konversation. Ich jage gern. Dies erfordert viel Ruhe und Konzentration, Diskussionen sind überflüssig.

Ich schalte auf Autopilot um und passe die Schwerkraft des Shuttles an. Jetzt können wir normal laufen. »Der Flug wird sich hinziehen, bis dahin kannst du dich ausruhen.«

»Ich will mich nicht ausruhen ... Ich will Antworten!« Sie schaut zu mir auf, ihre Augen funkeln. Und ich sehe sie mir aus der Nähe an. Ihr zierlicher Körper in den seltsamen Klamotten zeigt mehr, als mir guttut. Tzruk, ich kann meinen Schwanz spüren. Aber ich darf nicht nachgeben, diese niederen Instinkte haben schon einmal fast eine Katastrophe verursacht.

»Nein, ruh dich jetzt aus!« Ich bin mit einem Satz bei ihr und packe ihr Handgelenk. Sie hat eine kleine Hand, geradezu winzig. Und diese Berührung verschlimmert meine körperlichen Defizite. Tzruk!

»Hey, du kannst mich nicht einsperren!«, sagt sie. Ihre Anwesenheit entzweit mich. Weil mein Körper sie will und mein Verstand mir jegliche sexuelle Aktivität mit ihr verbietet. Das ist eine verdammte Folter. Das sind diese neuen, verfickten Moralvorstellungen, die mir eine wichtige Person vermittelt hat. Aber ich habe Aria versprochen, dass ich mich nie wieder so wie bei ihr damals benehmen würde ... Und ich werde mein Wort halten.

»Das hatte ich nicht vor. Aber wenn du nicht auf mich hörst, werde ich es tun!« Langsam bekomme ich rasende Kopfschmerzen, die meine Sehnsüchte auslösen.

»Okay, ich gehe da rein, wenn du deine Maske abnimmst!«, sagt sie. »Ich will wissen, wer dahintersteckt!«

»Die Maske bleibt auf und du gehst jetzt in diesen Raum!« Ich sollte sie eher als meine Beute betrachten, denn alles andere widerspricht meiner Natur. Ich schiebe sie ins Zimmer und die Tür schließt sich automatisch.

Jetzt klärt sich mein Geist allmählich und ich laufe zurück in mein Cockpit. Warum musste ich sie mitnehmen? Und retten?

Untypisches Verhalten für einen Jäger ... Aber ihre Stimme ... Als ich sie singen hörte, musste ich sehen, wem diese Stimme gehörte. Ich rannte auf sie zu und sah sie auf der Bühne singen. Sie hat mich gefesselt und ich blieb im Verborgenen, um sie zu beobachten und ihren Retter zu spielen. Als die Wichser versuchten, ihr weh zu tun, wurde ich unglaublich wütend und verachtete nicht nur sie, sondern auch mich selbst zutiefst. Sie zu töten war befriedigend, aber sie mitzunehmen war eine reflexartige Reaktion. Ich sollte nicht ausflippen, vielleicht war es gut und sie hilft mir, die eine zu vergessen.

***

Wir erreichen Yerxes Prime und ich lande mein Shuttle auf dem schwarzen Felsplateau. Der Urdschungel liegt noch immer in grünlichem Nebel und ich erkenne meine Behausung. Eigentlich ist alles wie immer ... und doch anders für mich. Ich bin unerklärlich aufgeregt, als ich zu ihrer Kabine laufe und die Tür öffne. »Du kannst rauskommen, wir sind angekommen.«

Die irdische Frau erhebt sich aus dem Bett. Mit langsamen Schritten kommt sie auf mich zu. »Du schuldest mir immer noch Antworten!«, beharrt sie darauf. Was habe ich mir nur für ein Weib angelacht? Sie hat keine Angst von mir und ihr Verhalten verwirrt mich.

»Die bekommst du schon. Aber jetzt sollten wir in mein Quartier gehen.«

»Okay, dann zeig mir, wo du wohnst.«

»Folge mir!« Ich laufe voraus und sie hält mit mir Schritt, bis wir den Ausgang erreichen. Ich helfe ihr, aus der Lücke herauszukommen.

»Hör mir zu, Nanya…«

»Was ist Nanya?«

»Dein Zusatzname ... Nun, du musst mir zuhören, Mädchen! Wir sind auf einem gefährlichen Dschungelplaneten zu Hause. Du darfst nicht von meiner Seite weichen! Unter jedem Stein und hinter jedem Baum lauert Gefahr! Alleine da rauszugehen ist Selbstmord für dich. Du bist eine kleine, schwache Frau! Verstehst du?«

»Ich verstehe. Und warum konntest du es mir nicht früher sagen?«

»Tssss!« Ich schaue mich um, bevor ich zuerst herunterspringe. »Komm, spring!«, rufe ich.

»Machst du Witze? Von ganz oben?«

»Na gut…« Ich klettere zurück in mein Raumschiff, schnappe mir die kleine Frau und lege sie mir über die Schulter. Dann springe ich erneut aus dem Shuttle, dieses Mal mit ihr in meinen Armen.

Nanya kreischt, sodass mein Ohr klingelt. Ist sie laut. Sie krallt sich in meine Rüstung »Hey, du sollst leise sein! Sonst sind wir tot!«, belehre ich sie. Nachdem ich den Boden berührt habe, setze ich sie ab.

»Warum benutzt du nicht die Rampe?«

»Weil das zu gefährlich ist! Denn anders als auf der Erde, leben hier gefährliche Raubtiere. Und ohne Galvak muss man immer auf der Hut sein.«

»Was ist Galvak?«

»Ein Dinosauriertier. Er hilft uns bei der Jagd und beschützt uns. Aber es gibt nur eines. Und dieses gehört zu Keno.«

»Oh, mein Gott! Ein echter Dinosaurier?«

»Ihr nennt die monströsen, eidechsenartigen Tiere so, nicht wahr?«

»Nun, diejenigen, die wir so nennen, lebten vor Millionen von Jahren auf der Erde.«

»Wie, glaubst du, sind sie dorthin gekommen?«

»Nein, sag nicht, dass ihr sie dort ausgesetzt habt?!«

»Nicht ganz... Unsere Macher... Wir glauben, dass sie sie dorthin gebracht haben. Damals, als es noch keine Menschen auf der Erde gab.«

»Das musst du mir genauer erklären.«

»Nicht jetzt.«

»Okay... Du hast also eine besondere Verbindung zu diesem Tier?«

»Ja.«

»Und so ein Dinosauriertier hättest du gerne?«

»Ja, weil es früher mehr davon gab und fast jeder eines hatte. Bis nur noch einer übrig blieb. Jetzt... sei still.« Ich strecke meinen Arm aus und halte sie auf, als aus den Büschen ein Knurren ertönt. Nanya packt mich sofort am Arm. Ich löse mich schnell von ihr, ziehe meine Rake aus dem Beinholster und ziele auf den Busch. Dann brechen Zweige und ich schütze Nanya mit meinem Körper, indem ich sie hinter mich schiebe. Ich ziele mit der Waffe auf die sich bewegenden Pflanzen und dann springt Nan aus dem Gebüsch.

»Bist du lebensmüde?«, belle ich ihn an. »Tzruck, ich hätte dich beinahe betäubt!« Ich bin fassungslos.

»Ich jage, Mann! Du... Moment mal, wer versteckt sich hinter dir?«, fragt er ratlos.

»Nanya, meine Beute!«, sage ich stolz und sie tritt aus meinem Schatten.

»Beute?«, will sie überrascht wissen.

»Wie soll ich dich sonst bezeichnen?«

»Da müsste man Angst um sein Leben haben, wenn man als Beute betitelt wird!«, sagt sie.

»Gut ...« Meine Kopfschmerzen sind wieder da. »Meine Trophäe!«

»Das ist nicht besser! Kennst du keine anderen Wörter?«

»Mein Eigentum!«

Sie berührt ihre Stirn. »Ich bin Aviana oder Avi«, stellt sie sich vor und schüttelt Nans Hand. Ich greife sofort ein. »Nicht anfassen!« Mein Knurren geht im Unterholz verloren.

»Es ist okay«, sagt Nan. »Kein Grund auszuflippen! Ich bin Nan und leider habe ich keine Zeit. Ihr solltet jetzt gehen, zwei Tare sind hinter mir her!«

»Gut, ich möchte dir nicht in die Quere kommen.« Nur im Notfall mischen wir uns gegenseitig in die Jagd ein, es sei denn, wir gehen von Anfang an gemeinsam jagen.

»Lass uns weiter gehen!!«, entscheide ich, während Nanya wie selbstverständlich meine Hand ergreift. Ich bin überrascht und schaue auf sie herab.

»Was soll das?«, will ich wissen und löse mich von ihr.

»So fühle ich mich sicherer«, sagt sie leise. Ich seufze und nehme ihre Hand in meine. Kaum wahrnehmbar, winzig, liegt sie in meiner. Und ich habe Angst, sie zu zerquetschen. Mit ihr wird es nicht langweilig werden.

»Also…«, beginnt sie.

»Frau, sei still, sonst wirst du gefressen!«, ermahne ich sie. Sie seufzt. Aber sie muss wissen, wie sie sich hier zu benehmen hat!

An meinem hängenden Hausmodul angekommen, steige ich wortlos mit ihr in den Aufzug. Ich drücke den Knopf und schaue sie von oben an. Bei einer Körpergröße von 2,60 m keine leichte Aufgabe. Sie ist so klein, daran muss ich mich gewöhnen.

Der Aufzug aus Titan hält vor der Eingangstür. Kürzlich habe ich einen primitiven Holzaufzug verwendet, den ich gegen den Titankäfig ausgetauscht habe. Leider erlauben uns unsere begrenzten Ressourcen keine weitläufige Neonstadt mit technischen Wundern. Aber wozu braucht ein Jäger eine Megacity? Die Jagd macht uns aus und mit jeder Faser meines Körpers brenne ich für die Jagd.

Nachdem wir in mein Quartier gekommen sind, verriegele ich die Tür.

Sie sieht zu mir auf. »Dieser Nan … Ist er einer von deinem Volk? Gibt es viele von euch?«, fragt sie direkt.

»Ja, er ist einer von uns. Wie viele es von uns gibt? Das kann ich nicht genau beantworten. Wir wissen es nicht und…«

»Was?«

»Wir sind gerade dabei, herauszufinden, woher wir kommen.«

»Haben die Macher, von denen du gesprochen hast, etwas mit eurer Existenz zu tun?«

»Ja. Aber wir konnten sie nicht finden, um unsere Fragen zu beantworten.«

»Was ist mit meinen Fragen, bekomme ich Antworten? Was wirst du mit mir machen, Alien-Predator?«

Ich packe ihre zierliche Taille und ziehe sie sanft zu mir. Sie hält den Atem an und stützt ihre Hände leicht auf meine Rüstung. »Ich möchte es selbst herausfinden…«, sage ich, denn aus irgendeinem unerklärlichen Grund habe ich sie mitgenommen. Ich möchte nur, dass sie ... Meine Finger umklammern ihre Arme fester und sie verzieht das Gesicht ... Hat sie Schmerzen? Ich lasse sie sofort los. Das Versprechen an Aria geht mir durch den Kopf. Aber ihre Nähe lässt meinen Schwanz zucken und meine Hose ausbeulen. Versucht mein Geschlecht, mir die Führung wegzunehmen? Schon einmal hatte ich so ein krankes Bedürfnis, ein Weibchen zu besitzen. Sie gehörte nicht einmal mir, und selbst dann konnte ich mich nicht beherrschen.

»Aber warum hast du mich gerettet?«

»Diese Bastarde haben dir Unrecht getan …« Ich weiß nicht, ich sollte sie eher als meine Beute betrachten. Aber sie ist etwas anderes, was ich noch nicht herausgefunden habe.

»Du musst hungrig sein?!« Wir waren ungefähr einen Tag unterwegs und ich habe kein einziges Mal an das Essen gedacht.

»Ja, ich habe ein bisschen Hunger.«

»Du wartest, Nanya!« Mit diesen Worten gehe ich direkt ins Schlafzimmer. Ich entledige mich schnell meiner Rüstung und ziehe bequeme Kleidung an. Dann verdecke ich mein Gesicht mit der Halbmaske und einer Kapuze. Wieder zurück im Flur, schaut sie mich mit großen Augen an. »Du… siehst menschlich aus. Deine Augen sind blau!«, sagt sie, als sie mich mustert.

»Ja, wie sollte ich sonst sein, wenn nicht humanoid?«

»Wie der echte Predator?!«

»Ich bin der echte Predator, Nanya!«

»Ich meine, wie in den Filmen…«

»Schon wieder diese Filme...«

»Das weiß man hier bei euch natürlich nicht. Aber unter der Maske im Film verbergen sie … ihre überhaupt nicht-humanoide Gesichter.«

»Lenk dich nicht ab, folge mir«, sage ich, weil ich nicht nachvollziehen kann, was sie sagt.

Ich gehe voran und sie rennt hinter mir her. Ohne Umwege steige ich die Treppe in die untere Etage des Moduls herunter. Da sind meine zahlreichen Gefrierschränke, die das gesamte Fleisch frisch halten. Mit einer Handbewegung aktiviere ich die Schiebewand, die vor uns nach oben gleitet. Das Fleisch hängt in den Kühlräumen.

»Welche Sorte bevorzugst du?«, frage ich und drehe mich zu ihr um.

»Das werden wir essen?« Sie ist leicht entsetzt.

»Ja, rohes, blutiges, frisches Fleisch, unsere einzige Nahrungsquelle!«

»Du bereitest aber das Fleisch noch vor, oder?«

»Nein, wir essen es roh. Darauf musst du dich einstellen.«

»Du verlangst von mir, rohes, blutiges Fleisch zu essen!?«

»Ja!«

»Nein, ich mag es nicht!«

»Wie kann man so über Fleisch reden?«

»Ich mag es einfach nicht. Es muss durchgekocht werden, bevor ich es essen kann.«

»Denaturiertes Protein ist ekelhaft!«, sage ich, weil nicht nur die Mikroelemente darunter leiden, es verliert auch seinen ursprünglichen Geschmack.

»Trotzdem. Ich bin grundsätzlich kein Fleischfan, aber es muss zumindest angebraten sein. Sonst bekomme ich es nicht runter.«

»Ich denke darüber nach.« Und mir fällt Keno ein. Er bereitete auch das Fleisch für Aria zu. Hmm... ich entscheide mich für einen Flammenwerfer. Sie will es gebraten, also, brate ich es! Aber hier wird es zu gefährlich. Ich muss es draußen machen. Also schnappe ich mir einen Feuerwerfer aus der Waffenkammer und hole mir ein gutes Stück Fleisch vom Haken. »Ich bin gleich wieder da«, sage ich und verlasse meine Wohnung. Schnell komme ich mit dem Aufzug nach unten.

Dann suche ich mir einen passenden Ast und hänge das Fleisch auf. Was für eine Verschwendung! Ich seufze, während ich auf das Stück Fleisch ziele und das Feuer eröffne. Der Fleischbrocken schmilzt in den Flammen und als ich den Feuerwerfer ausschalte, hängt ein Klumpen Kohle am Baum. Was für eine Scheiße! Wie hat Keno das gemacht? Ich habe mich nie dafür interessiert, weil ich es für eine Verschwendung halte. Mein Herz schmerzt, weil das das beste Stück Fleisch meiner letzten Jagd war. Scheiße! Ich nehme den verkohlten Klumpen und werfe es in den nächsten Fluss, der nicht weit von meinem Zuhause entfernt ist.

Auf dem Rückweg denke ich nach. Vielleicht hat er den Verdampfer benutzt? Dadurch kann das Protein schonend denaturiert werden. Warum ist mir das nicht sofort eingefallen?

Ich fahre mit dem Aufzug zu meinem Wohnmodul und als ich in der Küche ankomme, treffe ich Avi. Sie sitzt am Tisch und als sie mich sieht, flüchtet sie sich förmlich in meine Arme. Ihre Augen sind leicht gerötet. »Warum weinst du?«

»Ich dachte, du kommst nicht zurück!«, sagt sie und schmiegt sich in meine Arme. Mir wird unerklärlicherweise warm. Tzruk! Zum ersten Mal fühle ich mich wie gelähmt. Was ist das?

»Warum sollte ich nicht zurückkommen?«

»Weil draußen gefährlich ist! Waren das nicht deine Worte?«

»Nicht für mich, ich bin ein Raubtier und stehe am Ende der Nahrungskette!«

»Ja, aber... Aber du bist dennoch nicht unsterblich! Du kannst mich nicht in deine Welt bringen und mich dann verlassen! Ich war bereit, es mit dir zu versuchen ...« Was meint sie damit?

Ich kann ihre emotionalen Impulse nicht verstehen, schließlich habe ich nur das Essen zubereitet ... Nun, ich habe es versucht und bin gescheitert! Ich lasse das kleine Ding los, das mich festhält, renne zur Waffenkammer, biege um die Ecke und hole mir ein weiteres schönes, saftiges Stück Fleisch. Auf einer Platte ausgebreitet, lasse ich den Vaporisator das köstliche Mahl verunstalten. Ich kann kaum zusehen, wie es unter dem Dampf zerstört wird.

Aber sie wird es nicht anders essen.

»Warum bist du gerade gegangen?«, kommt die Stimme von der Treppe.

»Weil ich Dinge zu erledigen habe …« Muss ich ihr immer alles erzählen?

»Aber ich wollte mit dir reden.«

»Warum bist du so... anhänglich? Warum hast du keine Angst vor mir?« Ich verliere leicht die Beherrschung und mein Schwanz zuckt, als ich versuche, mich von ihr zu distanzieren.

»Warum sollte ich Angst vor dir haben? Du hast mich gerettet und hierhergebracht. Ich weiß nicht, was cooler sein kann!«

Ich bin verwirrt. Auch mein strenger Blick macht ihr keine Angst, eher scheint sie von mir fasziniert zu sein.

Sie steht so unschuldig an der Treppe, ihre Finger ruhen am Treppengeländer. Ihre Kleidung gibt fast alles von ihr preis und ihre verborgenen Intimbereiche sind meine verdammten Magnete. Ich will sie sehen … Nackt … Ich lasse meine gierigen Augen über ihren Körper wandern. Mein Schaft platzt aus allen Nähten und ich würde ihn am liebsten in ihre Fotze stecken und sie ficken ... Scheiße, meine Kopfschmerzen sind wieder da. Unbedacht hole ich die getrockneten Pilze vom Regal und eine Schüssel. Ich zünde sie mit dem Zrkan[4] an und sie beginnen zu kokeln. Ich beuge mich über die Schüssel und atme den Rauch ein, der angenehm auf meine Knochen trifft.

Auch sie hustet, während sie den Rauch einatmet.

»Du kannst in der Küche auf mich warten!« sage ich und atme weiter über der Schüssel. Der Schmerz lässt nach, als die letzten Pilze zu Asche verbrannt sind. Ich nehme die Platte und ein Stück rohes Fleisch vom Haken, bevor ich die Treppe hinaufgehe. Ich spüre, wie Wärme in mich eindringt. Der Pilz entfaltet seine Wirkung, macht mich high und bringt meine animalische Seite zum Vorschein, die, die gerade ficken will.

Oben angekommen entdecke ich Avi neben dem Tisch stehen. Sie schaut mich mit glasigen Augen an. »Was ist mit dir?«, möchte ich wissen.

»Du tust mir weh ...«

»Aber ich habe dich nicht mal berührt!«

»Deine Ablehnung tut weh. Wie soll ich so leben?«

»Ich muss mich von dir fernhalten…«, presse ich durch die zusammengebissenen Zähne. Denn in Wahrheit will ich alles andere als das! Und doch ist es zu gefährlich für sie, in meiner Nähe zu bleiben. Denn ich spüre bereits mein krankhaftes Verlangen,

---

[4] Eine Waffe, die auch kleine Flammen erzeugen kann.

das immer stärker wird. Ich will sie nicht verletzen. Aber ich weiß, dass ich es tun werde, also sollte ich mich zurückhalten.

»Lass uns jetzt essen«, sage ich und reiche ihr den Teller. Sie nimmt es und schnuppert am Fleisch. »Hast du Besteck?«

Ich beuge mich nach rechts und nehme das Jagdmesser aus dem Regal. Ich benutze das Teil, um das Fleisch zu zerkleinern. »Iss es so«, meine ich, denn außer dem Messer habe ich nie etwas anderes gebraucht.

»Mit den Händen?«

»Ja natürlich.«

»Bitte zeig mir dein Gesicht!«

Ich zögere. »Iss vorher!« Wenn sie mich sieht, wird sie sicher nicht mehr glücklich sein. Na ja, vielleicht hat sie dann Angst vor mir. Auch wenn ich nicht weiß, wofür es gut sein soll. Spätestens dann, wenn ich das Fleisch verschlingen würde, hätte sie mich sowieso gesehen. Doch andererseits brauche ich vor ihr nicht zu essen. Ich muss sie auf Abstand halten, sie nicht näher an mich heranlassen. Also sehe ich ihr beim Essen zu. Aber sie schafft nicht einmal die Hälfte, es war zu viel für sie. »Warum isst du nicht?«

»Ich will dich nicht erschrecken.« Warum sage ich das? Ich wollte sie erschrecken!

»Wie kannst du mich schon erschrecken?«

»Du weißt nicht, wie ich bin …« Warum kümmert es mich, wie sie über mich denkt? Schließlich versuche ich einen Weg zu finden, um sie von mir fernzuhalten. Vielleicht ist es genau das, was mir helfen würde.

»Dann zeig es mir!« Sie scheint verzweifelt zu sein. Oder doch eher enttäuscht? Tzruk! Sie mitzunehmen, war falsch. Sie zu retten ebenfalls. Ich war nicht zu diesem Zweck auf die Erde gekommen. Aber da war plötzlich ihre Stimme in der Dunkelheit, sie durchzog mich wie ein Echo und ich handelte gegen meine Natur. Es wird Zeit, den Fehler zu korrigieren! Also nehme ich die Halbmaske ab und sie hält den Atem an.

»Was, mache ich dir Angst?«

»Nein... du siehst so... außergewöhnlich aus.«

»Außergewöhnlich?« Weiß sie, wovon sie spricht? Ich grinse schief und lasse dann meinen Kiefer ausrenken, um das Fleisch in einem Zug zu verschlingen. Da mein Unterkiefer wie bei den Schlangen aus zwei separaten Hälften besteht, bewege ich sie unabhängig voneinander. Ebenso die beiden Hälften des Oberkiefers. Das große Stück Fleisch verschwindet nach und nach in meiner Kehle. Aviana ist zu einer Salzsäule erstarrt und sieht mich, ohne zu blinzeln an.

»Das dürfte deine Meinung über mich geändert haben!«, sage ich fragend, nachdem das Stück Fleisch meinen Magen erreicht hat.

»Was ich gerade gesehen habe, ist ... Mir fehlen die Worte, du kannst es in einem Stück verschlingen?«

»Ja, das ist unsere Natur.«

»So wie die Schlangen?!«

Ich kann die Wirkung des Mosato[5]-Pilzes immer noch spüren. Mein Hirn ist leicht benebelt, ich muss klar im Kopf werden. Ich muss herausfinden, was ich will und eine Entscheidung treffen! Ich muss wissen, wie es mit ihr weiter gehen soll. Daher erhebe ich mich vom Tisch und sie sucht sofort den Augenkontakt zu mir.

»Geh schlafen!«, sage ich und setze meine Halbmaske wieder auf.

»Wo willst du hin?«

»Ich muss weg und komme spät zurück. Also geh ins Bett!«, herrsche ich sie an.

»Wo soll ich schlafen? Und warum lässt du mich allein?«

»Tzruck, Frau, hör auf, mir Fragen zu stellen! Ich hasse das ... Du tust, was ich dir sage!«

---

[5] Ein schmerzlindernder, highmachender Pilz, der auf Yerxes Prime beheimatet ist.

Die ersten Tränen glitzern in ihren Augen. *Es ist besser so, glaube mir, Avi.*

Plötzlich zieht sich meine Brust zusammen. Solch ein Leiden war mir bisher unbekannt. Jetzt brauche ich noch mehr frische Luft. Also betrete ich wortlos den Aufzug und verlasse meine Wohnung. Ich weiß, was ich brauche, um auf andere Gedanken zu kommen. Die Jagd.

Mit weitausholenden Schritten begebe ich mich schnell in die Katakomben und bewaffne mich. Ich werde aus den Bäumen jagen und mein Tarnsystem benutzen. Dazu werde ich eine Balliste verwenden und mit den Pfeilen jagen. Aber ich stecke auch eine Rake ein, für den Fall, dass es brenzlich wird. Obwohl die Armbrust eine veraltete Waffe ist, erfordert sie mehr Konzentration. Und was ich jetzt brauche, ist die Ablenkung. Aber ich kann meine Gedanken nicht von der schwachen kleinen Frau abwenden. Alles dreht sich um sie und ich weiß tief in meinem Inneren, warum ich sie mitgenommen habe. Ich wollte schon so lange den Sex ... Ich habe schon seit einiger Zeit Probleme mit meinem Verlangen. Was ich nie kannte, ist jetzt wie eine Invasion über mich gekommen. Und ich bin immer noch hin und her gerissen, weil ich immer noch nicht weiß, was ich tun soll. Soll ich dem Berserker in mir nachgeben?

Als ich wieder draußen bin, verliere ich mich in meinen Gedanken. Ich springe auf einen der Bäume und aktiviere meine Tarnung, die mich unsichtbar macht. Von Baum zu Baum bewege ich mich schnell und leise. Wir lebten früher in den Bäumen. Bis wir zu den Wohnmodulen wechselten, verbrachten wir die ganze Zeit im Dschungel. Und selbst durchschlafen war unmöglich, denn viele Raubtiere sind nachtaktiv.

Ziemlich schnell erreiche ich den Wasserfall. In der Nähe befindet sich die Wohnstätte von Aria und Keno. *Aria... ich weiß immer noch, wie gut du riechst. Aber du bist mein Tod. Ich sollte dich so schnell wie möglich vergessen! Denn zu Hause habe ich eine Nanya, die mich mit ihrer Schönheit und Stimme umgehauen hat* ... Wenn ich die Barriere in mir durchbreche, wird etwas Schlimmes passieren.

Ein Zischen unterbricht meine Gedanken und ich horche hin. Ein Tar! Ich sehe seine Schuppen im Dickicht glitzern. Der Mond beleuchtet das Reptil. Es ist riesig, voller sehniger Muskelstränge und hervorstehender Schuppen, die sehr widerstandsfähig sind. Diese Tiere sind gefährlich und ihr Fleisch schmeckt süß. Deshalb sind sie beliebte Beutetiere. Ich ziehe die Armbrust und spanne sie, lege einen Pfeil rein. Dann ziele ich direkt auf seinen Kopf, der aus dem Gebüsch auftaucht.

Mein Finger drückt auf den Abzug und der Pfeil wird ausgeworfen. Er trifft das Schlangentier zwischen die Augen. Es fällt zu Boden und windet sich. Sein Zischen fegt durch den Wald. Sicherheitshalber schieße ich noch einen weiteren Pfeil auf den Tar.

Nachdem das Biest regungslos am Boden liegt, springe ich vom Baum herunter und ziehe mein Jagdmesser. Ich nähere mich vorsichtig dem Tier und nachdem ich weiß, dass ich es getötet habe, schalte ich den Tarnmodus aus. Mein Armcomputer führt einen Scan durch, denn diese Tiere haben giftige Organe, die ich beim Häuten und Zerlegen nicht beschädigen darf.

Ich ziehe ihm mit dem Jagdmesser die Haut ab und schneide die Beute in kleinere Stücke, die ich in einem Beutel verstaue.

»Jaxx?«, ertönt es neben mir und ich schaue auf.

»Was zum Teufel machst du hier? Spannst du schon wieder?« Keno starrt mich böse an.

»Was soll ich? Spannen? Nein... ich habe gejagt!«

»Mit einer Balliste?«

»Ja, ich musste mich ablenken!«

»Wie lange bist du schon zurück? Warum hast du dich nicht bei uns gemeldet?«

»Weil ich... keinen Erfolg hatte. Die Mission ist gescheitert! Und dann wurde ich von Feinden gejagt, die ich nicht kenne.«

»Tzruk! Du hättest mir so etwas sagen sollen.«

»Ja, das hätte ich wahrscheinlich tun sollen. Aber ich habe andere Probleme …«

»Was ist mit dir los?«, möchte er wissen. Soll ich ihn um Rat fragen?

»Ich habe eine lebendige Beute zu Hause …«, beginne ich.

»Bist du verrückt? Ein lebendes Tier in der Wohnung zurücklassen, um zu jagen? Was geht dir durch den Kopf?«

»Es ist kein Tier! Es ist Nanya, eine menschliche Frau!«

»Was zum Teufel? Mann, du hast eine Frau?«

»Ja. Aber zwischen uns läuft es schlecht. Ich weiß nicht einmal, warum ich sie gerettet und hierhergebracht habe.«

»Ich habe dir immer gesagt, dass du eine Frau brauchst! Und jetzt hast du eine. Was zum Teufel machst du dann hier? Geh nach Hause und tu endlich das, was dich die ganze Zeit verrückt gemacht hat!«

»Ich bin kein Vergewaltiger … Ich möchte niemals einer Frau das antun, was ich schon Mal bei deiner versucht habe … Ich habe Angst, sie zu verletzen.«

»Wir haben es geklärt! Lass uns nicht noch einmal darüber reden! Du solltest zu ihr gehen.«

»Ich weiß nicht, ob das eine gute Idee ist.«

»Aber sie allein in einer fremden Welt zurückzulassen, ist in Ordnung? Sag nicht, du hast sie gefesselt?!«

»Nein, das brauchte ich nicht. Sie hat keine Angst vor mir … Sie ist anhänglich, was mir heftige Kopfschmerzen bereitet …« Und während ich spreche, spüre ich, wie es wieder in meinem Schädel pocht.

»Anhänglich? Also wenn sie es ist, heißt das, dass sie dich mag! Und wenn du mit ihr schläfst und sie nichts dagegen hat, dann ist es auch keine Vergewaltigung! Das ist dann einvernehmlich!«

»Aber ich werde ihr auf jeden Fall weh tun.«

»Wieso denkst du das?«

»Weil ich schon mal Mist gebaut habe. Und ich versprach nie wieder…«

»Alter, halt die Klappe! Wenn die Frau dich will, ist das kein Problem«, unterbricht mich Keno.

»Ich fürchte, ich habe sie nicht angemessen behandelt.« Nachdem ich alles getan hatte, was ich konnte, damit sie Angst vor mir hatte, nur um sie mir fern vom Leib zu halten ... und dann ließ ich sie allein zurück. Sie wirkte verletzt, als ich ging. Nur weil ich nicht in der Lage war, die Realität zu erkennen.

»Warst du grob zu ihr?«

»Nein«, antworte ich. »Ich war ihr gegenüber gleichgültig.«

»Du Idiot! Geh nach Hause und bring es in Ordnung! Wie oft hast du dir genau das gewünscht? Du hast sie sogar gerettet und sie ist dir gegenüber nicht abgeneigt. Dann bist du ein Narr, wenn du sie allein lässt und sie ignorierst! Geh nach Hause! Ich werde den Tar allein zu Ende zerlegen und das Fleisch bis dahin bei mir lagern!«, sagt er.

Ich nicke ihm zu. Hat er recht und bin ich wirklich ein Idiot?

»Danke, dass du mir zuhörst.«

»Wozu gibt es Freunde? Und Jaxx?«

»Ja?«

»Ich glaube, du hast mehr Angst davor, im Bett zu versagen!« Er räuspert sich. »Ich garantiere dir, dass du es hinkriegst!«, fährt er fort.

»Du Blödmann! Das ist es überhaupt nicht!« Oder doch? Hat Keno das eigentliche Problem erkannt? Habe ich wirklich Angst davor, im Bett zu versagen? Schließlich habe ich das nie getan! Aber ich weiß, dass mein Instinkt mir helfen wird, also vertraue ich ihm. Wir schütteln uns die Hand, bevor ich mich auf den Rückweg aufmache. »Danke, mein Freund!«

***

An meinem Quartier angekommen, steige ich in den Aufzug und hoffe, dass sie da ist. Ich muss Wiedergutmachung leisten. Ich habe zu lange von meiner eigenen Frau geträumt, um mich jetzt hinter meiner Angst zu verstecken.

KAPITEL 3

Ich bin immer noch fassungslos. Er ging einfach, um seinen Kopf freizubekommen. Und was ist mit mir? Ich dachte, ich hätte den Mann meiner Träume gefunden. Zuerst nahm ich an, er sei ein Engel, als er im Publikum vor mir erschien, und dann rettete er mich und nahm mich mit auf sein Schiff. Nachdem ich erfahren hatte, dass es sich um einen echten Predator handelte, war ich noch mehr von ihm angetan. Auch wenn er mir auf der Erde gegenüber recht zurückhaltend war, so verschloss er sich hier völlig. Ich verstehe nicht, warum er sich so schnell verändert hat. Ich war bereit, mich auf ihn einzulassen. Meine Worte waren ernst gemeint. Und sein ablehnendes Verhalten kränkte mich.

Ich tat, was er mir befahl, und zog mich in sein Schlafzimmer zurück, dann entledigte ich mich meiner einengenden Kleidung. Ich habe mir erlaubt, eines seiner großen Hemden anzuziehen. Eigentlich ist es für mich eher ein langes Kleid. Seine Größe ist imposant und sein Anblick nimmt mir den Atem … Und nun ist es die Einsamkeit, die mir Angst macht.

Draußen ist es dunkel und er ist immer noch nicht da. In seiner Wohnung gibt es keine Elektrizität, aber dennoch sind die Räume schwach beleuchtet. Die kleinen Pflanzen geben Licht ab und sie reagieren auf Berührungen, leuchten dann noch heller. Sie nutzen es wahrscheinlich als eine Lichtquelle.

Hin und wieder kommen seltsame Geräusche von draußen und ich ziehe die Decke fester um meinen Körper. Ich möchte nicht allein sein und ich wünschte, er wäre gar nicht erst gegangen. Mir ist es schwer ums Herz, obwohl ich eigentlich keinen Grund dazu habe. Aber seine Abwesenheit macht mich immer trauriger.

Die Zeit vergeht, wie im Flug und jetzt mache ich mir Sorgen um ihn. Ist ihm etwas passiert? Eine Unruhe überkommt mich und treibt mich aus dem warmen Bett in den Flur. Ich schaue aus dem Fenster in die Dunkelheit. Zahlreiche leuchtende Blumen und Pflanzen spenden sanftes Licht in die Umgebung. Es sieht wunderschön aus und ich würde gerne seinen Heimatplaneten kennenlernen. Aber im Moment bin ich mir nicht sicher, ob ich überhaupt bei ihm bleiben möchte. In die Decke gehüllt versuche ich ihn in der fremden Welt zu entdecken.

Ein großer Schatten huscht über den Boden und der Aufzug setzt sich in Bewegung. Ich trete zurück, als er anhält und die Türen aufgleiten. Ich sehe einen Krieger mit einer Armbrust in den Flur stürmen. Er ist zurück und ich bin völlig in Aufruhr. Mein Herz zieht sich zusammen, als ich das ganze Blut an ihm entdecke. Er ist regelrecht damit besudelt. »Bist du verletzt?«, frage ich und gehe direkt auf ihn zu. Meine Decke rutscht zu Boden und gibt meinen zitternden Körper frei.

»Mir fehlt nichts«, sagt er barsch. Seine Haltung ist distanziert. Er sucht nach Worten, die ich wahrscheinlich nicht hören möchte. Also komme ich ihm zuvor. »Wo warst du so lange?«

»Auf der Jagd«, antwortet er ruhig.

»Auf der Jagd? Und das, obwohl deine Kühltruhen aus allen Nähten platzen?«

»Ich habe es gebraucht!«

»Und ich brauchte dich! Du hast mich in deine Welt gebracht und allein gelassen! Ich habe nachgedacht... Also... Wenn du mich weiterhin ablehnst, werde ich nicht mehr bei dir bleiben wollen! Dann will ich zurück auf die Erde!«

»Auf die Erde? Zu diesen Wichsern, die dich vergewaltigen wollten? Nein, niemals!«

»Was willst du dann von mir, wenn du meine Nähe nicht willst?«

»Avi…«, sagt er rau, bricht aus seiner Starrheit aus und ist mit einem Satz bei mir. Unerwartet zieht er mich in seine Arme. Das Blut klebt an meiner Haut und seine Wärme strömt in jede Zelle meines Körpers.

»Jaxx«, erwidere ich atemlos. »Was bedeutet das?«

»Die Wahrheit ist, ich will dich! Deshalb habe ich dich mitgenommen, Nanya…«

»Warum hast du mich dann leiden lassen?«

»Weil ich ein Idiot war! Willst du es immer noch mit mir versuchen?«

»Ich weiß nicht ... Wenn der Idiot verspricht, sich nicht mehr zu distanzieren ...« Ich muss ihm eine kleine Lektion erteilen.

»Ja!«, antworte ich und Jaxx hebt mich auf seine Hüfte. An die Wand gedrückt, schaue ich in seine blauen Augen. Ich spüre seine durchnässten Klamotten auf mir. Dennoch strömt die Hitze durch mich und jede Reibung seiner Haut auf meiner knistert. Er nimmt seine Halbmaske ab und ich schaue fasziniert in sein Gesicht. Die feinen Falten, die ihm von den Mundwinkeln fast bis zu den Ohren reichen, schaden seiner maskulinen Schönheit nicht. Es stört mich nicht, im Gegenteil. Ich denke, sie verleihen ihm eine besondere Aura. Er ist einfach ein heißer Alien-Mann.

»Das verspreche ich dir«, kommt es zurück. Seine Stimme vibriert hart auf meinen Lippen. Ich schließe meine Augen und bekomme immer noch keinen Kuss.

»Brauchst du eine Einladung, um mich zu küssen?«

»Nanya, ich will dich ficken ... Darum geht es mir!« Er fummelt an seiner Hose herum und schiebt sie herunter. Alles in mir schreit, weil ich ihn schon auf der Erde haben wollte. Vom ersten Moment an fühlte ich mich zu ihm hingezogen und ich kann dieser starken Anziehungskraft nichts entgegensetzen. Seine Finger suchen den nassen Eingang zu meinem Inneren und ich seufze, als ich seine leichte Berührung spüre. Er schiebt meinen Tanga beiseite, bevor er seinen Finger hineinsteckt.

Ich halte den Atem an, genieße seine kraftvollen Bewegungen in mir und spüre gleichzeitig etwas Großes, das seinen Finger aus meiner nassen, triefenden Muschi drückt. Das kann doch nicht sein Schwanz sein, oder? Aber der große Peniskopf macht mich atemlos, als er mich spaltet. Ich schlinge meine Beine um seine Taille und beiße mir auf die Unterlippe, während er in voller Länge schmerzhaft langsam in mich hineingleitet. Seine leicht aufgeraute

Struktur sendet bei jedem Stoß elektrische Funken in mein Lustzentrum. Das Feuer überwältigt mich und ich muss immer wieder den Atem anhalten.

Sein harter Schaft füllt und stopft mich immer wieder. Die flüssige Erregung tropft bei jedem Stoß aus meiner stark gedehnten Muschi. Sein Glied massiert mich intensiv, als wäre es ein Vibrator, und ich zucke leicht. Der Schmerz vermischt sich mit purer Lust, die mich in Wellen überflutet. Jaxx fickt mich tief und hart, sodass ich mich in seine Oberarme kralle. Er knurrt düster, während sein Schwanz wieder anschwillt und unzählige winzige Vibrationen in meinem flatternden Zentrum tanzen lässt. Mein schlüpfriges Fleisch schmiegt sich pochend um seinen breiten Schaft.

Gemeinsam fallen wir über die Klippen und Jaxx senkt seine Lippen auf meine. Die starke Zunge dringt in meinen Mund ein und ich lasse mich auf einen wilden Zungenkuss mit ihm ein. In mir brummt alles und die heftigen Kontraktionen verdoppeln sich, als mich der zweite Orgasmus beinahe bewusstlos macht.

Ich schnappe nach Luft, meine Lippen weiden auf seinen und ich kann nicht genug von ihm bekommen. Er wird langsamer, während seine kraftvollen Spermastöße mich von innen heraus massieren. Ich streiche seine dunklen Haarsträhnen aus seinem

Gesicht. Sein Blick sucht meinen, bevor er mich erneut küsst. Diesmal sanfter und ein Sturm bricht in mir los. Wie konnte ich ohne ihn sein? Ja, für mich drehte sich alles um Sex. Ich wollte ihn flachlegen, auf seinen Schwanz steigen! Ja, aber es gab noch viel mehr, was ich gerade erst zu verstehen beginne. Tränen steigen mir in die Augen und Jaxx hält sofort inne. »Habe ich dich verletzt?«, fragt er und wartet.

»Nein, warum denkst du das?« Allerdings fühlt sich meine Muschi wund an, was an seiner Größe und Ausdauer liegt.

»Weil du mein erstes Mädchen bist«, sagt er und mein Herz setzt einen Schlag aus.

»Heißt das, dass du nie Sex hattest?«

»Ja.« Aber er war der beste Liebhaber aller Zeiten. Allein die Vibrationen haben mich umgehauen.

»Warum hast du mich nicht früher gefunden?«, flüstere ich heiser in seinen Atem. »Ich glaube, ich habe mein ganzes Leben auf dich gewartet…«

»Wenn ich früher von deiner Existenz gewusst hätte, wäre ich zu dir gekommen.«

»Wie hast du mich gefunden? Wie bist du auf Burning Man gelandet?«

»Nur durch Zufall habe ich die Erde gefunden ... Eigentlich bin ich in der Wüste Bruch gelandet und als ich draußen war, habe ich deine Stimmen gehört. So habe ich dich gefunden.« Er löst sich von mir. »Ich habe dich schmutzig gemacht!«, sagt er, während sein Sperma aus mir herausläuft.

»Ist mir egal. Man kann den Dreck abwaschen, aber den Augenblick verpassen …« Unser Moment war perfekt und was für die Ewigkeit. Jaxx setzt mich auf dem Boden ab.

»Trotzdem solltest du deinen Körper waschen!«

Ich schaue nach unten und erschrecke. Sein Hemd, das ich trage, ist mit Blut beschmutzt.

»Aber du auch! Wo kannst man sich waschen?«

»Du hast Glück, denn bis vor Kurzem habe ich im Fluss gebadet. Aber da ich meine Wohnung renoviert habe, bevor die erste Frau hier auftauchte, dusche ich neuerdings hier.«

»Du hast die erste Frau gesagt? Lebt hier außer mir noch eine andere Frau?«

»Ja, eine von der Erde, wie du!«

»Und darf ich sie treffen?«

»Komm mit«, sagt er und ich folge ihm.

»Aus welchem Grund?«, fragt er.

»Was ist das für eine Frage? Du hast auch diesen … Nan?«

»Nun, er ist einer der Jäger.«

»Dann hast du Gleichgesinnte, soziale Kontakte und ich brauche auch jemanden … Wenn du mich wieder allein lässt.«

»Wir sind nicht auf der Erde! Das Leben hier ist ein Kampf ums Überleben und es gibt keinen Platz für alltägliche Dinge!«

»Aber ich darf sie wenigstens kennenlernen?«

»Ich werde sehen, ob es möglich ist.«

Wir erreichen einen kleinen Raum, den Jaxx mit dem Handabdruck öffnet. Es ist eine Duschkabine, in die wir beide passen. Jaxx zieht sich sofort aus und ich starre ihn buchstäblich an. Er hat einen muskulösen, durchtrainierten Körper mit einem Achterpack. Meine Güte, sieht er heiß aus! Ich reiche ihm bis zum untersten Brustkorb, atme ihm förmlich in den Bauch und fühle mich neben ihm wie ein Kind. Mein Blick wandert über seinen Bauch bis zu seinem Schritt. Ich schnappe nach Luft, als ich seinen Schwanz sehe. Er ist groß und seine freiliegende Eichel hat eine Art kleine, weiche Auswüchse, die mich an die Hacken erinnern. Der Schaft hat eine Lamellenstruktur. Jaxx entgeht meine Neugier nicht.

»Willst du ihn berühren?«, fragt er und ich schlucke ... schwer. Er nimmt meine Hand in seine und legt sie auf sein warmes Glied. Es zuckt unter mir und ich umschließe es leicht mit meiner Faust. Seine Oberfläche ist leicht angeraut und dennoch weich. Der Schwellkörper darunter ist hart wie Stahl.

Ich lasse sein Glied los und schaue ihn kurz an. Sein Gesicht ist ernst, als er mir sein Hemd vom

Körper reißt. Er lässt es auf den Boden fallen und wir gehen in die Duschkabine rein. Der Predator betätigt die Dusche ... Regen fällt auf uns herab, er hat eine Regendusche?! Ich quieke vor Vergnügen und wasche das Blut und sein Sperma von meiner Haut. Jaxx macht sich ebenfalls sauber.

»Hast du auch ein Shampoo oder Duschgel?«

Er sieht mich verwirrt an.

»Also, womit kann ich mich einschäumen?«

Als hätte es Klick gemacht, gibt er mir einen Stein. Ich schaue ihn fragend an, während er es über meinen Körper zieht. Es hinterlässt eine graue Spur und schäumt leicht.

»Was ist das?«, frage ich ratlos.

»Murra-Schlamm[6]...«

»Murra-Schlamm?« Er wäscht sich mit Dreck?

»Ja, es wird dich sauber machen.« Er reicht mir den seltsamen Stein, den ich zum »Einseifen« verwende, und dann reinigt er sich auch damit. Tatsächlich fühlt sich meine Haut sauber und erstaunlich glatt an.

Nachdem wir uns fertig geduscht haben, stellt Jaxx das Wasser ab und schnappt sich ein kleines Gerät.

---

[6] Ein bestimmter Schlamm, der entschlackend und säubernd beim Duschen wirkt.

Als er es aktiviert, trocknet uns das Ding im Bruchteil einer Sekunde.

Der außerirdische Mann ergreift meine Hand und zerrt mich hinter sich ins Schlafzimmer. Ich kann die Erregung spüren, die seine Berührung in mir hervorruft.

»Geh schlafen!«, sagt er und schiebt mich auf eine Seite des Bettes. Er selbst nimmt auf der anderen Seite Platz und wieder öffnet sich eine unüberwindbare Schlucht zwischen uns. Warum nimmt er mich nicht in seine Arme? Ich sehne mich nach seiner Wärme. Mein Herz rast in meiner Brust und ein Feuer brennt in mir. Aber gleichzeitig bin ich traurig und beschließe, ihm von nun an die kalte Schulter zu zeigen. Damit er weiß, wie es ist, ignoriert zu werden. Also wende ich mich von ihm ab und schließe meine Augen. Anscheinend ist ihm das völlig egal, denn er scheint zufrieden zu sein, während mich meine Gefühle auseinanderreißen. Auf ein Hoch folgt ein Tief und ich seufze leise. Es war so schön, mit ihm zusammen zu sein, aber er ist ein ungehobelter, gefühlloser Arsch!

Ich habe keine Ahnung, wie lange ich wach liege. Er scheint schon lange zu schlafen. Allein, schön isoliert auf seiner Seite des Bettes. Scheiße, warum kann sich mein Herz nicht beruhigen und einfach einschlafen?

AM NÄCHSTEN MORGEN

Ich werde tief in die Matratze gedrückt, während sämtliche Luft aus meinen Lungen gepresst wird. Ich weite meine Augen und sehe in die blaue Iris. Meine Beine sind weit gespreizt und ich spüre, wie seine große Spitze gegen meine nasse Fotze drückt. Ich möchte zunächst protestieren, um ihn für den gestrigen Tag zu bestrafen, aber als sein Schwanz mich spaltet, schnappe ich nach Luft. Die Lamellen vibrieren und jeder Stoß erzeugt Strom in meinem Lustzentrum. Ich wurde noch nie so gefickt. Heiße Wellen überschwemmen mich, während seine gesamte Länge mich bis zum Brennen dehnt. Der Schmerz flammt für einen Moment auf, bevor er sich in pures Vergnügen verwandelt. Ich schlinge meine Beine um seine schmale Taille, während er hart in mich eindringt. Jaxx stützt sich nun mit beiden Händen ab und winkelt sein Bein an. Die Stöße werden stärker und die Vibrationen berauschender. Meine Mitte zuckt leicht und ich klettere immer höher zum Gipfel. Jaxx ist energiegeladen und hat die Ausdauer einer Maschine. Er küsst mein Schlüsselbein und wandert mit seinen Lippen immer tiefer …

Plötzlich spüre ich überall seinen Mund und dann verschwindet meine ganze Brust in seinem warmen Mund. Scheiße! Er hat es weit geöffnet und seine

Zunge umkreist meine Brustwarze. Die darauffolgenden Blitze sprengen meinen steifen, zuckenden Kitzler. Ich stöhne, als Jaxx meinen Mund mit seinem versiegelt. Der wilde Kuss verbrennt meine Haut, während sich sein Peniskopf an meinem nassen Fleisch verhakt. Knurrend spritzt er seinen heißen Samen in meine Tiefen. Jaxx brüllt vor Vergnügen in den Kuss hinein und fickt mich härter, während sein Sperma mit jedem Stoß aus mir herausspritzt.

Seine Wehen werfen mich von der Klippe und ich folge ihm in den allumfassenden Orgasmus. Jaxx wird langsamer, während sein Samen mich weiter bewässert.

Ich tauche meine Finger in sein Haar und Jaxx knurrt, während ich seinen Kopf an meinen ziehe. Er stürzt mich in einen rauen Kuss und beißt mir auf die Lippe. Das Salz sickert auf meine Zunge, die ich um seine schlinge. Jaxx fängt an, mich vom neuen zu stoßen. Sein Schwanz ist steinhart und er verschlingt mich buchstäblich, während sein Rammbock in mich eindringt. Er fickt mich ungezähmt, hart und rau, bis ich vor Schmerzen stöhne. Er sieht mir in die Augen und lässt seinen Schwanz vibrieren. Seine Lamellen massieren meinen G-Punkt und die Lust explodiert in meinem Knoten. Ich klammere mich hilflos an den riesigen Außerirdischen, der mich mit allen möglichen Tricks fickt. Mein enges Loch flattert um seinen dicken Stamm, während er ihn immer wieder in mich rammt. Ich stöhne so laut, dass ich heiser werde … Fuck, ich stehe so kurz davor …

Jaxx versinkt energisch in meiner, von flüssiger Erregung durchtränkten Muschi und seine Eichel saugt sich an der tiefsten Stelle fest. Ich spüre die sanften Kontraktionen in seinem Schaft, während er beginnt, sich rhythmisch zusammenzuziehen. Vergnüglich schließe ich meine Augen und lasse ihn mich weiter dehnen und füllen, bis er sein Sperma in harten Strahlen in meine wild pochende Spalte spritzt. Ich kann den tierischen Schrei nicht stoppen, der in meiner Kehle explodiert. Und Jaxx' raues Gebrüll geht mir unter die Haut. Der Orgasmus erschüttert mich förmlich und ich bin außer Atem. Meine blonden Haarsträhnen kleben an meiner Stirn und ich lecke mir die blutige Lippe, während Jaxx sich sporadisch in mir bewegt.

Der Predator zieht sich langsam aus mir zurück und legt sich auf den Rücken neben mich. Er schließt die Augen und ich beobachte, wie schnell sich seine breite, muskulöse Brust hebt und senkt. Ich kann seinen Herzschlag buchstäblich unter seiner pochenden Haut sehen.

Ich bin fasziniert von seinem Anblick und sehne mich nach seinen starken Armen. Aber er umarmt mich nicht, sondern steht auf. »Lass uns essen!«, sagt er und ergreift meine Hand, um mich hochzuziehen. Als ich die ersten Schritte mache, verziehe ich das Gesicht und stöhne.

»Was ist los?«, will er wissen und bleibt stehen.

»Ich… nichts«, antworte ich leicht kratzig. Seine raue Natur ist verletzend. Er ist mit der Antwort zufrieden und zieht mich erneut hinter sich her. Ich kann kaum einen Schritt machen, ohne dass der Schmerz meine Pussy spaltet.

Er bleibt stehen und sieht mich streng von oben an. »Mit dir stimmt etwas nicht! Hör auf, mich anzulügen und sag mir, was los ist.«

Da ich mit gespreizten Beinen stehe und meine Beine leicht zittern, geht er in die Knie und zieht mit seinen Fingern meine Schamlippen auseinander. »Deine Fotze sieht ramponiert aus. Habe ich dich verletzt?«

»Nun, wie man's nimmt. Du hast mich brutal gefickt …«, sage ich sage die Wahrheit. »Aber ich... habe es genossen«, setze ich nach. Ich mochte schon immer härteren Sex und jetzt spüre ich immer noch seinen dicken Schaft in mir.

Er sieht mich zum ersten Mal mitfühlend an, auch wenn es nur für einen kurzen Moment sichtbar ist. »Ich wollte dich nicht verletzen«, sagt er und hebt mich hoch.

»Ich verstehe dich nicht ... Warum bist du mir gegenüber so grob und distanziert?«

»Bin ich das wirklich?«, fragt er, als wäre ihm das nicht bewusst.

»Ja, das bist du. Ich dachte, wir würden es versuchen ...«

»Das will ich auch. Ich habe einfach keine Erfahrung auf diesem Gebiet!«

»Ich kann es dir zeigen, wenn du es zulässt«, sage ich und er nickt mir zu.

»Es tut mir leid, ich glaube, ich bin zu weit gegangen.« Er streichelt meine blutige Lippe.

»Ich mag es härter ... Mich kränkt nur deine unüberwindbare Distanz«, gestehe ich leise.

»Ich kenne es nicht anders. Mein ganzes Leben lang war ich ein gefürchteter Jäger, ein Krieger... Zuneigung ist mir völlig fremd. Ich will nur deine kleine Fotze! Aber ... ich will dir nicht wehtun!« Seine Worte erschüttern mich. Dann läuft es auf einseitige Liebe hinaus? Er kümmert sich nicht um mich und nur meine kleine FOTZE interessiert ihn? Ich schlucke, aber der Kloß in meinem Hals verhindert das und ich ersticke fast an meiner eigenen Spucke. Tränen sammeln sich meinen Augen, aber ich fange mich wieder. Ich muss ihm eine Chance geben. Weil ich ihn einfach mag, trotz seiner rauen Art.

»Zeig es mir«, sagt er.

Ich nicke ihm zu. Jaxx trägt mich schweigend unter die Dusche und wir waschen den Moschus der sündhaft-heißen Verbindung unserer Körper weg. Ich greife nach dem Stein und schiebe ihn sanft über Jaxx' Rücken. Er zuckt zusammen und schaut auf mich herab.

»Neben dem Sex gibt es noch andere schöne Dinge, mit denen wir unsere Zuneigung ausdrücken.« Ich lege den Stein ab und verteile den Schaum mit meinen Händen auf seiner Haut. Jaxx atmet schneller und macht es mir nach. Seine Hände erforschen meine Weiblichkeit. Er berührt sanft die Brustwarzen und sie richten sich sofort auf. Seine Hand gleitet zwischen meine Beine und ich halte den Atem an, während er den leicht pochenden Kitzler streichelt. Als ich seufze, lässt er von mir ab. Diese Distanz müssen wir überwinden. Er ist kein Mensch, und wie er sagte, war er noch nie in einer Beziehung. Also kennt er nichts, was in eine Liebesbeziehung gehört. Ich gehe ich einen Schritt weiter und sinke auf die Knie.

Sein breiter, feingeäderter Riesenschwanz zuckt in Höhe, als ich ihn leicht berühre. Die Lamellen pochen in einer rhythmischen Ausdehnung und die kleinen Widerhaken an seiner Eichel zucken, als ich seinen faustdicken Schwanz in meinen Mund nehme. Ich muss sofort nach Luft schnappen, denn ich ertrinke beinahe am fließenden Wasser. Der dicke Schaft passt kaum in meinen Mund rein, dennoch will ich es versuchen. Ich umkreise langsam seine zuckende Spitze mit meiner Zunge und versuche erneut, sein Glied in meinen Rachen reinzubekommen. Plötzlich packt der Predator meine Haare und drückt mich auf seinen Phallus. Ich würge und Tränen laufen mir über die Wangen. Meine Mundwinkel brennen unter enormer Spannung. Jaxx entgeht meine Reaktion nicht und er lockert sofort seinen Griff. Langsam rutscht sein Schwanz ein Stück zurück. Ich schaue zu ihm auf, während ich anfange, seinen Schwanz zu lutschen. Er wird zittrig auf den Beinen und lehnt sich an die Kabinenwand. Knurrend legt er seinen Kopf zurück und während ich ihn mit seinem Mund ficke, packt er mich an den Haaren. Ich spüre, wie seine Lamellen vibrieren und die kleinen Widerhaken sich plötzlich mit meinem Gaumen verbinden. Scheiße, ich kann den Schwanz nicht entfernen. Er wird dicker, bevor ich die starken Spermasalven schlucken muss. Ich habe das Gefühl zu ersticken, als sein Sperma meinen Hals hinuntergleitet. Es ist so viel und sein Orgasmus flutet mich regelrecht. Mein Mundwinkel reißt auf und ich schlucke mein Blut, das sich mit seinem Sperma vermischt.

Jaxx entfernt sich sofort aus meinem Mund und lässt seinen Samen im Abfluss verschwinden. Er zieht mich wieder auf die Beine und streichelt meine verletzte Lippe, bevor er mich küsst.

»Du solltest beim Sex nicht leiden«, sagt er, nachdem er den Kuss beendet hat. Sein Finger gleitet sanft über meine blutende Lippe.

»Ich hatte keine Ahnung, wie großzügig du bestückt bist«, antworte ich.

»Warum hast du das getan?«

»Weil ich dir zeigen wollte, wie weit ich gehen kann. Weil ich es selbst wissen wollte.« Ich war schon immer experimentierfreudig, wenn es um Sex ging.

»Und jetzt bist du verletzt…«

»Wäre nicht das erste Mal«, murmele ich leise und hoffe, dass er es nicht hört. Aber sein Blick reißt mir den Boden unter den Füßen weg ...

KAPITEL 4

Ich schaue sie finster an. »Du machst Witze! Ich hatte genau davor…« *Angst … Angst, dich zu verletzen.* Ganz gleich, wessen Initiative es war, ich war derjenige, der ihr den Mundwinkel aufgerissen hat.

»Ich möchte nur, dass du keine Berührungsängste hast«, sagt sie und lässt mein Herz für den Bruchteil einer Sekunde stehen. Warum kann ich plötzlich nicht mehr atmen und meine Brust wird eng?

»Ich werde dich nie wieder in den Mund ficken!«, bestimme ich und streichle ein letztes Mal ihre blutende Lippe. Sie zuckt zusammen.

»Du brauchst Heilkräuter. Ich besorge welche für dich!« Ich trockne uns beide mit dem Zkapzu ab, bevor wir die Dusche verlassen.

Im Schlafzimmer gebe ich ihr ein frisches Hemd von mir und da meine Unterwäsche viel zu groß für sie ist, bleibt sie vorerst ohne. Ich selbst ziehe meinen Trainingsanzug und die Halbmaske an und hülle mich in meine Kapuze.

»Warte hier, ich bin gleich wieder da.« Ich verlasse das Schlafzimmer und hole die Rake und den Kräuterbeutel, bevor ich mein Domizil mit dem Aufzug verlasse. Ich habe keine Ahnung, was über mich gekommen ist, aber ich fliege förmlich zu der Stelle, wo die wilden Heilkräuter wachsen. Wenn ich an sie denke, zieht sich mein Herz zusammen.

Ich habe ihr weh getan. Mein riesiger Schwanz riss ihren Mundwinkel auf und ich musste mich am Riemen reißen, um ihr keinen weiteren Schaden zuzufügen. Ich suche schnell die richtigen Kräuter aus und hole zwei Steinplatten aus der Kräutertüte. Für die Herstellung eines wirksamen Arzneimittels ist es wichtig, die Kräuter frisch zu mahlen, was ich augenblicklich tue. Die fertige Paste rolle ich zu einer Kugel. Zum Schluss klopfe ich den Pollen von der Zigonie[7] ab und rolle die Kugel durch den gelben Pollen. Dadurch wird die Masse fester und die Pollen sorgen zudem dafür, dass sich die Wunde schneller schließt. Nun packe ich die fertigen Bälle und die

---

[7] Heilkraut, die beim Formen der Arzneikugeln hilft und darüber hinaus adstringierende (zusammenziehende) Eigenschaften besitzt. Dadurch schließt sich die Wunde schneller.

Utensilien in die Tasche und mache mich auf den Rückweg.

Als ich auf halbem Weg bin, höre ich ein Knurren. Mist! Das klingt nicht gut. Ich drehe mich um und sehe einen Brax[8]. Verdammt! Was macht er in dieser Gegend? Bevor ich mich bewegen kann, schwingt das Mecha-Biest aus und gibt mir einen Hieb mit der Pfote. Ich fliege durch den Wald, während er mir nachjagt. Die kleinen Bäume brechen unter meinem Gewicht, als ich durch sie donnere. Ich rutsche in eine Lücke und muss zischend Luft einsaugen. Scheiße! Er erwischte mich am Bauch und ich verlor meine Rake. Ich sitze in der Falle, weil ich einem Brax nicht gewachsen bin. Die mechanischen Tiere gehören zu den Animal Predator und sind hier normalerweise nicht anzutreffen. Warum befindet sich eines der biomechanischen Tiere auf unserer Seite des Planeten?

Scheiße, ich verliere Blut. Und das Vieh wartet immer noch auf mich. Ich versorge meine Wunde mit einer der Kugeln, die ich über die Wunde streue. Avi… Sie wartet auf mich und die Medizin und ich kann nicht gehen. Zumindest solange der Brax mich

---

[8] Mecha-Beast ist ein biomechanisches Tier, das einem Tiger ähnelt. Sein Schwanz ist gekappt und er erreicht eine Größe von 4 bis 5 Metern.

verfolgt. Ohne die Waffen kann ich ihn nicht aufhalten.

KAPITEL 5

Er hat mich wieder allein gelassen. Dabei haben wir uns ausgesprochen. Ich berühre meinen geschwollenen, aufgerissenen Mundwinkel. Wenn ich überlege, so habe ich keine Ahnung, warum ich seinen Schwanz blasen wollte, obwohl ich wusste, dass er zu groß für mich sein würde. Ich wollte diese Lamellen und die weichen Widerhaken mit meiner Zunge spüren. Und es war so heiß, wobei ich zeitweise wirklich nach Luft schnappen musste. Seine Reaktion auf meine Verletzung war angemessen und sollte ich jetzt davon ausgehen, dass ich ihm nicht egal bin?

Ich weiß es nicht. Mein Magen knurrt und ich stehe vom Tisch auf. Hier herumzusitzen und auf ein Wunder zu hoffen, ist sinnlos, zumal schon Stunden vergangen sein müssen. Ich steige in den Aufzug, weil ich dieses Mal nach ihm suchen werde.

Der Fahrstuhl bringt mich schnell nach unten und als er anhält, öffne ich vorsichtig die Tür. Draußen empfängt mich eine leicht schwüle Hitze. Alles erstrahlt in sattem Grün. Jaxx-Worte kreisen in meinem Kopf. Hier sind überall Räuber, also muss ich ganz leise sein. Ohne Waffe wage ich mich unsicher in den außerirdischen Dschungel. Ich habe keine Ahnung, wohin Jaxx gegangen sein könnte. Aber ich bemerke, dass die Pflanzen auf der linken Seite plattgetreten sind. Dann muss er hindurchgegangen sein. Ich betrete den Pfad und folge seiner potentiellen Spur.

Je tiefer ich in den Dschungel vordringe, desto größer werden die Bäume. Ich habe nicht die leiseste Ahnung, ob ich gerade einen Fehler mache, aber ich kann nicht anders, als nach ihm zu suchen. Ich hoffe nur, dass ich ihn finde, bevor mich irgendein Tier wittert.

Es dauert nicht lange, bis ich die ersten Tiere treffe. Sie sehen seltsam aus, wie unsere Mücken, nur viel größer. Oh Scheiße! Ein fliegendes Insekt versucht, mich zu stechen, und ich schnappe mir den nächstgelegenen Stock, schwinge ihn zurück und schlage das Ding wie einen Baseball. Es gelingt mir auch, drei andere zu töten. Das waren verdammten

Insekten! Wie groß müssen dann die anderen Tiere sein? Ich möchte es lieber nicht herausfinden. Mein Puls rast und ich schaue mich um, aber zum Glück sehe ich keine Riesenmücken oder was auch immer das war.

Unerwartet ertönt aus dem Dickicht ein Geheul. Es klingt so erbärmlich und erinnert mich an einen Welpen. Vielleicht sollte ich es nicht tun, aber die kläglichen Schreie berühren mein Herz. Ich schiebe die Wildpflanzen beiseite, während ich mich auf den Weg zur Lärmquelle aufmache. Und dann stolpere ich über eine Wurzel und rutsche den Hang hinunter, den ich übersehen habe. Ich sehe ein orangefarbenes Tier vor mir. Ein Berg aus orangenem Metall?! Das Tier ist kein Welpe, es ist riesig. Es regt sich plötzlich, ich schreie und halte meine Arme vor meinen Körper, um mich zu schützen. Denn ich erwarte einen Angriff, aber die klebrige Zunge des Tieres leckt über meine Arme. Sein Sabber läuft über meine Haut. Ich breche die Deckung auf und schaue mir das Tier genauer an. Es scheint festzustecken. Einer der Bäume ist auf seine Hüfte gefallen und es kann sich nicht befreien. Hat es mich geleckt, weil es Hilfe will? Auch wenn ich es nicht sollte, suche ich nach einem langen Stock.

Und als ich einen passenden Ast finde, lege ich ihn unter den Baumstamm und über einen Stein, um die

Hebelwirkung zu erzielen. Jetzt tue ich mein Bestes, um den Baum, so gut es geht, anzuheben. Er bewegt sich nur gefühlte Zentimeter. Aber ich gebe nicht auf und lege mich mit meinem ganzen Gewicht über den Stock. Das Tier drückt mit und schafft es schließlich, sich darunter zu befreien.

Es springt auf mich zu und ich sehe seine dolchartigen Krallen und sein Maul voller scharfer Zähne, während es es aufreißt. Ich erwarte mein Ende, aber das Tier leckt meine Hand ab, bevor es im Dickicht verschwindet. Puh, Glück gehabt! Aber jetzt muss ich Jaxx finden. Ich versuche noch einmal, den Hang hinaufzusteigen. Es ist leicht schlammig und voller überwucherter Ranken, an denen ich mich hochziehe. Ich rutsche ständig aus, weil der verdammte Hügel steil ist. Und dann schießt ein wilder Schmerz durch meinen Knöchel, als ich meinen Fuß verdrehe. Große Klasse! Jetzt kann ich nicht einmal mehr hochklettern! Und es schon nach Mittag. Mein Magen knurrt jämmerlich, aber das Schlimmste ist, dass ich kein Höschen trage. Mist! Predators Hemd ist mit schlammigem Dreck bedeckt, der unangenehm an meiner Haut klebt. Ich könnte weinen, weil es gerade wieder ein Tief ist. Aber aufgeben ist keine Option. Also versuche ich, wieder hochzuklettern. Mist! Mein Fuß tut weh und ich kann überhaupt nicht darauf treten. Tatsächlich rollen mir die Tränen über die Wangen. Vielleicht ist Jaxx schon zurück und ich bin nicht da. Wie wird er mich finden können? Und was, wenn ihm etwas zugestoßen ist? Wie komme ich hier raus?

***

Es wird dunkel und ich stecke immer noch in der Grube fest. Mittlerweile habe ich mich unter einem dichten Busch versteckt. Alle Geräusche und Stimmen aus dem Dschungel machen mir Angst. Ich habe extremen Hunger und einen schlimmen Durst. Außerdem ist der ganze Dreck an mir getrocknet. Plötzlich spüre ich etwas Kühles und Schleimiges an meinem Bein und ich schreie so laut ich kann, flüchte aus dem Busch. Ich höre ein Knacken, bevor ich auf etwas Großes stoße. Sofort finde ich mich in einem festen Griff wieder. Ich drehe meinen Kopf und schaue nach oben.

»Du?«

»Was machst du um diese Zeit hier? Allein?« Nan sieht mich fragend an. Ich breche in Tränen aus und schmiege mich in seine Arme. Er drückt mich fester an seinen Bauch und gibt mir Zeit, mich zu beruhigen. »Also, Nanya, warum streifst du alleine durch den Dschungel? Wo ist dein Mann?«

»Das ist eine gute Frage…«

»Du bist verletzt?!«, fragt er und pflückt ein kleines Blatt. Das ist auf einer Seite mit klebriger

Flüssigkeit bedeckt. Ohne weitere Umschweife reißt er ein Stück ab und legt die schleimige Seite davon auf meinen verletzten Mundwinkel. Ich stehe in seinen Armen und frage mich, wie so ein Predator so nett sein kann. Immer mehr Tränen rollen aus meinen Augen. »Danke!«

»Schon gut. Erzähl mir lieber, was passiert ist!«

»Jaxx ist … weg. Ich machte mir Sorgen, also begab ich mich auf die Suche nach ihm …«

»Wann ist Jaxx gegangen?«

»Es war … heute Morgen«, berichte ich und spüre, wie schwach ich bin.

»Okay, ich bringe dich zuerst nach Hause, dann gehe ich Jaxx suchen!«

»Kann ich nicht mitkommen?«

Nan löst sich von mir. »Wenn du mit mir mithalten kannst!«

Ich versuche zu gehen und stöhne, während ich auf den verletzten Fuß trete.

»Oh je, hast du dir den Knöchel verstaucht?«, fragt Nan und ich nicke ihm zu. Er kniet nieder und nimmt meinen Fuß in seine Hand. Er legt ihn vorsichtig auf sein großes Knie. Ein Riese kniet zu meinen Füßen und ich halte mich an seinen breiten Schultern fest. Er ist so anders als Jaxx. Ein sanfter Riese ... Nan holt eine Art Verband aus seinem Rucksack und wickelt ihn mir um den Knöchel. Die Bandage strafft sich automatisch und ohne Druck um mein schmerzendes Gelenk. Genau richtig.

»Danke, du hast keine Ahnung, wie dankbar ich dir bin!«

»Nicht der Rede wert! Aber so kannst du doch nicht gehen! Komm, steig mir auf den Rücken!«, sagt er.

»Aber, aber...«

»Ich habe Tare gejagt, Avi. Wir müssen hier raus ... gestern!«

»Na, gut«, antworte ich und klettere auf seinen breiten Rücken. Ich spüre seine Hände sanft unter meinem Hintern und ich könnte sterben, weil ich immer noch nackt bin. Mist! Nan macht ein seltsames Geräusch, als er sich mit mir aufrichtet. Nun spüre ich noch intensiver seine Finger an meinem nackten Arsch. Mist!

Nan sprintet den Hang hinauf, obwohl ich auf seinem Rücken sitze. Der Mann ist ein Kraftpaket. Die Predator sind wirklich stark. Ich sollte vorsichtig sein, denn Nan ist so... So ein netter Kerl. Genau das vermisse ich bei Jaxx. Warum kann er nicht wie Nan sein? Ich kuschele mich an ihn, während er mir den Trost gibt, den ich die ganze Zeit brauchte. Meine Arme sind um seinen Hals geschlungen und vielleicht fühle ich mich deshalb mit ihm verbunden, weil er mein Retter ist?

Nan ist schnell und rennt gefühlt stundenlang durch den Dschungel. Aber er weiß genau, wohin er gehen muss. Als Nan langsamer wird, spüre ich, dass etwas nicht stimmt.

»Was ist los?«

»Etwas kommt auf uns zu! Meine Wärmebildsensoren erfassen etwas.« Nan bleibt stehen und Jaxx erscheint vor uns. Er sieht erledigt aus. Seine Kleidung ist zerfetzt und voller Blut. Er erkennt uns: »Du verdammter ... Was tust du mit meiner Frau?«

»Hey, ich habe sie gefunden ... im Dschungel«, sagt Nan.

»Und warum zum Teufel trägst du sie?«

»Weil sie sich verletzt hat. Aber was ist mit dir passiert?« Nan setzt mich vorsichtig auf dem Boden ab. »Bleib hier!«, sagt er und zieht eine Waffe aus seinem Beinholster. »Wer hat dich angegriffen?«

Als er sich Jax nähert, blickt er sich mit der ausgetreckten Waffe um. »Scheiße! Jaxx… was ist passiert?«, fragt er noch einmal, während er seine Bauchwunde betrachtet.

In mir zieht sich alles zusammen. Er ist verletzt! Ich humpele zu den beiden hinüber. Die Dunkelheit weitet sich immer weiter aus.

»Es war der Brax…«, sagt Jaxx. Was zum Teufel ist ein Brax?

»Jaxx?«, rufe ich.

»Nanya, ich habe dir gesagt, dass du das Haus nicht verlassen sollst!«, sagt er streng.

»Ist mir egal! Du warst weg. Was hätte ich tun sollen? Ich habe nach dir gesucht!«, rufe ich zurück. Nan stützt Jaxx und ich humpele direkt in seine Arme. »Jaxx, ich habe mir Sorgen um dich gemacht.«

»Du hättest zu Hause warten sollen, ich wäre bald aufgetaucht.«

»Alter, du hast viel Blut verloren.« Nan wirft sich Jaxx auf den Rücken und er zieht zischend die Luft zwischen seinen Zähnen ein. »Lass mich runter, ich bin keine Frau!«, knurrt er Nan an.

»Stell dich nicht an, Mann. Du kannst kaum laufen!«

»Dafür, dass du meine Frau getragen hast, muss ich dich verprügeln! Du kleiner Bastard!«

»Hey, sie hinkt, sie ist auch verletzt! Sei nicht so ein Egoist!«

»Sie gehört mir, verstanden?!«

»Ich werde sie dir auch nicht wegnehmen. Jetzt hör auf, dich zu winden!«, herrscht Nan Jaxx an. Er ist auch dominant, wenn es sein muss.

»Hak dich bei mich ein!«, sagt Nan und streckt seinen Arm aus. Tränen rollen mir über die Wangen, als ich Jaxx' Verletzung sehe. Jetzt kommt alles zum Vorschein und ich merke, wie sehr ich Jaxx mag. Ich ergreife Nans Arm und halte ihn fest. Zu dritt setzen wir den Weg fort.

»Lass mich runter, ich werde sie selbst tragen!«, sagt Jaxx.

»Bist du verrückt? Willst du sterben?«, will Nan wissen. »Du hast viel Blut verloren! Ich werde dich tragen, Ende der Durchsage!«

»Jaxx, bitte, lass Nan dich tragen ... Du bist verletzt!«

Er seufzt und gibt auf.

***

Nach etwa dreißig Minuten erreichen wir Jaxx Wohnmodul. Nan schleppt uns in den Aufzug und bringt uns in die Wohnung. Ich löse mich im Aufzug von Nan. Sobald wir ankommen, trägt Nan seinen verletzten Freund ins Schlafzimmer. Er zieht ihm die Jacke und das Hemd aus. Auf seinem Bauch ist eine lange Wunde, die sich zwar zusammengezogen hat, aber immer noch leicht blutet. Nan nimmt seinen Rucksack ab und kramt darin nach etwas. Er drückt ein kleines Gerät auf Jaxx' Wunde. Aus dessen Mündung tritt eine zähflüssige Substanz aus, die in die Wunde eindringt und diese auffüllt.

»Was ist das?«

»Gentex[9].Mit Stammzellen versetztes, flüssiges Gewebe. Es wird ihn heilen. Es dauert einfach eine Weile«, sagt er.

»Also wird er es schaffen?«

»Er muss es schaffen!«

Jaxx scheint eingeschlafen zu sein. »Ist er ohnmächtig?«, möchte ich wissen, während mein Magen knurrt.

»Nein, er ist nur müde. Wenn wir ihn schlafen lassen, wird er sich schneller erholen.«

»Ich will bei ihm bleiben!«

»Du ... solltest etwas essen, sonst kannst du ihn nicht pflegen, wenn du selbst ohnmächtig wirst.«

»Du hast recht, aber ...«

»Aber was?«

»Hier gibt es nur rohes Fleisch. Aber so etwas esse ich nicht.«

»Alles klar, ich gare das Fleisch für dich!«

»Ich danke dir für alles!«

»Nichts zu danken.«

»Ich komme gleich nach!«, sage ich und setze mich neben Jaxx auf das Bett. Ich streiche seine Haarsträhnen sanft zur Seite. Er ist schön, männlich und so sexy. Ich weiß, dass mich unter seiner harten

---

[9] Ein flüssiges Gewebe, das mit Stammzellen angereichert wird, um schnelle Genesung zu erzielen. Meist reicht eine Nacht aus, um die Wunde komplett zu heilen.

Schale ein weiches Herz erwartet. Ich muss einfach diese dicke Eisschicht schmelzen.

»Hey, gute Besserung, mein Engel im Teufelsmantel!«, flüstere ich ihm ins Ohr und küsse seine Stirn. Ich merke, dass die Wunde überhaupt nicht mehr schmerzt. Nachdem ich mich von ihm gelöst habe, berühre ich die betroffene Stelle an meinem Mundwinkel und meiner Unterlippe, aber das Blatt, das Nan mir angelegt hat, ist praktisch mit der Wunde verschmolzen und hat sie geschlossen. Unglaublich, aber sie nutzen die Heilkräfte der Natur. Und diese wirken viel besser als unsere Medikamente. Ich küsse Jaxx erneut auf die Stirn und hole mir ein weiteres, sauberes Hemd, um zumindest frische Kleidung anzuziehen.

Mit dem Hemd in der Hand, gehe ich zur Dusche und treffe Nan in der Küche. Er ist damit beschäftigt, das Fleisch zu garen, aber anders als es Jaxx getan hat. Das Gerät, das er dafür verwendet, funktioniert anders. Es röstet das Fleisch und es duftet köstlich.

»Noch ein paar Minuten, dann ist es essbar«, sagt er, als ich an ihm vorbeigehe.

»Danke, ich mache mich eben frisch«, antworte ich und betrete die Duschkabine. Jetzt ziehe ich mein schmutziges Hemd aus und betätige die Dusche. Ich mache das Hemd nass und reibe mich mit dem feuchten, sauberen Teil des Stoffes ab. Am liebsten wäre ich unter die Dusche gestiegen, aber der Verband würde nass werden. Zum Schluss trockne ich mich mit dem kleinen Gerät ab und ziehe Jaxx sauberes Hemd an.

Als ich die Küche wieder betrete, ist Nan mit der Zubereitung des Fleisches fertig. Er schnitt es auch in mundgerechte Stücke.

»Danke. Ich würde ohne dich sterben.«

»Es war mir eine Ehre, euch beide zu retten«, antwortet er. »Nun, iss jetzt etwas«, fügt er hinzu.

»Bleibst du? Möchtest du auch etwas essen?«

»Nein, ich sollte gehen.«

»Aber was ist, wenn sich Jaxx' Zustand verschlechtert?«

»Das sollte nicht passieren. Wenn trotzdem etwas sein sollte, wohne ich ein paar Felsen weiter!«, sagt er und reicht mir ein kleines, rundes, metallisches Ding.

»Was ist das?«

Er drückt es hinter mein Ohr und ich spüre ein leichtes Stechen, als würden Nadeln in meine Haut schießen. Dann greift er hinter sein Ohr. »Drücke einfach darauf und du erreichst mich«, sagt er. Ich höre seine Stimme direkt in meinem Kopf.

»Ist das so etwas wie ein Kommunikationssystem?«

»Ja.«

»Hat Jaxx so eins?«

»Jeder von uns hat es.«

»Und warum hat Jaxx es mir nicht…« Ich halte inne. Denke ich etwa laut?

»Jaxx hätte es sicherlich getan. Ich denke, er ist sehr aufgeregt, dich bei sich zu haben.«

»Denkst du das wirklich?«

»Ja. Ich kenne ihn gut genug! Das wird schon«, sagt er und zwinkert mir zu. Warum ist Nan so umgänglich? Und warum kann Jaxx nicht so sein? Das bringt mich zum Nachdenken. Denn wenn er mir das Gerät gegeben hätte, dann wäre uns das ganze Leid erspart geblieben, dann hätte ich ihn nicht suchen müssen. Und er hätte früher um Hilfe rufen können.

»Okay danke.«

Nan nickt mir zu, bevor er den Aufzug betritt. Und ich setze mich endlich hin. Mein Hunger bringt mich um. Ich esse schnell das Fleisch, das mir förmlich auf der Zunge zergeht. Zudem schmeckt es würzig. Wie konnte er es so gut zubereiten?

Nachdem ich fertig bin, suche ich nach einem Waschbecken, um die Platte zu waschen. Aber ich kann nichts finden. Also spüle ich den »Teller« unter der Dusche ab und trockne ihn mit einem Lappen ab. Ich lasse es auf dem Tisch liegen, bevor ich zu Jaxx zurückkehre.

Er schläft noch und ich lege mich neben ihn. Ich nehme seine Hand in meine und schmiege mich an seine breite Schulter. Das ist gut und genau das habe ich mir gewünscht. Sein ruhiger Atem erdet mich und lässt mich langsam einschlafen.

AM NÄCHSTEN TAG

Ich wache in einer herzlichen Umarmung auf und zucke zusammen, als sie noch fester wird. Jaxx großer männlicher Körper riecht so gut. Vielleicht träume ich nur?!

»Wie hast du geschlafen?«, fragt Jaxx und seine Stimme schießt wie ein Flammenpfeil unter meine Haut. Ich kann kaum glauben, dass er mich das fragt.

»Gut. Bist du wieder wohl auf und gesund? Wie geht es deiner Verletzung?«

Er öffnet die Decke. »Überzeug dich selbst!«

»Sie ist geheilt. Es ist nicht einmal eine Narbe zu sehen. Liegt das an der flüssigen Haut?«

»Ja, über Nacht bin ich genesen.«

»Jaxx, wie konnte das alles passieren? Du hast Kommunikationsgeräte und hast mir keines davon gegeben?!«

»Woher weißt du das?«

»Nan hat mir eins gegeben, sollte etwas sein.«

»Wie lange war er hier?«

»Nicht lange, er garte das Fleisch für mich und ging. Na ja, davor gab er mir das Gerät ...«

»Ich verbiete dir, mit Nan oder einem der Predator allein zu sein!«

»Aber warum? Er hat mir nur geholfen.«

Jaxx holt tief Luft. »Weil du mir allein gehörst! Und ich möchte nicht, dass andere Jäger dich ansehen oder berühren!«

»Ich gehöre dir, also musst du dir darüber keine Sorgen machen!«

»Trotzdem will ich es so.«

»Okay, ich verspreche es dir!«

»Gut. Und jetzt muss ich mit dir reden. Ich glaube, ich werde einen Fehler begehen, wenn ich jetzt nicht die Notbremse ziehe ...«

»Inwiefern? Sprich mit mir, ich höre dir zu.«

»Ich weiß, ich war unmöglich. Und wenn ich so weiter mache, wird unsere Beziehung zerbrechen. Ich habe dich wie ein Stück Dreck behandelt. Ich habe mich schon lange nach einer Frau gesehnt ... meiner Frau! Und du bist diejenige, die ich mir ausgesucht habe. Aber ich war ein Arschloch!«

»Warum warst so zu mir?«

»Ich habe einmal einen großen Fehler gemacht und meinen dunklen, animalischen Trieben nachgegeben. Ich hätte Kenos Frau fast vergewaltigt

…« Er verstummt und ich kann nicht atmen. Das kann nicht sein.

»Ich hasse Abschaum, der Frauen unterdrückt und ihnen schreckliche Dinge antut«, fährt er fort. »Und ich wäre fast selbst einer von ihnen geworden.«

Ich halte den Atem an. »Diese eine Frau, von der du sprichst, lebt sie auch hier auf diesem Planeten?«

»Ja, sie ist die Frau von Keno, einem der Jäger.«

»Aber warum musstest du so kalt zu mir sein?«

»Ich hatte Angst … Angst davor, dir dasselbe anzutun. Ich dachte, wenn ich dich auf Distanz halte, wenn du Angst vor mir hast, könnte ich es verhindern. Den Sex mit dir verhindern …«

»Ich verstehe... Aber du könntest mich gar nicht vergewaltigen, Jaxx … Weil ich dich will und dich vom ersten Moment an wollte! Ich genieße unseren ‚härteren' Sex!«

»Das konnte ich mir nicht vorstellen. Mein Geist war betrübt, aber von nun an werde ich anders sein. Bitte verzeih mir, dass ich so ein Idiot bin!«

»Es war nicht einfach für dich. Jeder macht Fehler und du bist mit der Frau nicht weit gekommen, oder?«

»Nein, bin ich nicht. Ich habe rechtzeitig aufgehört. Ich habe sie nur angefasst … Trotzdem war ich nicht ich selbst. Sie vergab mir und ich gab ihr das Versprechen, nie wieder eine Frau gegen ihren Willen zu berühren.«

»Oh, Jaxx. Ich hatte keine Ahnung.«

»Ist dein Engel jetzt ein Teufel geworden?«

»Was? Hast du es gehört?

»Ja, das habe ich aus dem Traum heraus wahrgenommen …«

»Nein, das bist nicht du. Aber verschließe dich bitte nicht mehr vor mir. Ich möchte bei dir bleiben! Reiß die Mauern ein und sei, wer du wirklich bist!«, sage ich und Jaxx zieht mich auf seinen Schoß. Ich setze mich auf seine riesige Beule, die sich in meine nasse Muschi reinfrisst.

»Ist das dein wahres Gesicht? Bist du sexsüchtig?«

»Das bin ich, wenn ich in deiner Nähe bin. Und du wirst mich neu kennenlernen«, verspricht er.

Ich grinse ihn an. »Ich kann es kaum erwarten«, antworte ich, öffne seine schwarze Hose und ziehe sie über sein riesiges Glied herunter. Unten ist er nackt und sein Penis springt mir hart erigiert entgegen. Er ist wirklich riesig und die pulsierenden Lamellen machen mich an. Sie sind besser als jeder Vibrator. Der Anblick seines zuckenden Schwanzes entfacht mein Feuer und bringt die flüssige Hitze zwischen meinen Schenkeln zum Vorschein ...

Jaxx greift nach meinem Arsch und schiebt mich auf seinen harten Schwanz. Jeder Zentimeter in mir, den er verdrängt, bereitet mir pure Freude. Ich stöhne jedes Mal auf, wenn er sich tief in mich gräbt. Nun schließt er die Augen und lockert seinen Griff. Seine Hände lässt er auf meiner fiebrigen Haut wandern.

Ich seufze, als ich auf seinen breiten Schwanz steige. Er schlüpft mühsam in mich hinein und es brennt, als er meine Muschi um sein Glied spannt. Die Dehnung fühlt sich köstlich an und der bittersüße Schmerz vermischt sich mit einem Kribbeln in meinem Lustknoten.

»Beweg dich nicht!«, raunt Jaxx und lässt seine Lamellen vibrieren, seine Finger spielen mit meinen Brustwarzen und ich schreie vor Vergnügen, das wie ein Sturm über mich hinwegfegt. Jaxx' Berührungen schießen wie ein Blitz in meine steife Klitoris. Und die ersten leichten Wehen lösen sich aus dem Zentrum meiner Lust.

Meine Muschi schmiegt sich fest um seinen dicken Penis, während sie flattert und zu zucken beginnt. Feuer verbrennt mich und ich schließe meine Augen und lege meinen Kopf in den Nacken. Jaxx spielt an meinen Brüsten und dann spüre ich seine Widerhaken. Sie dringen in mein Fleisch ein und wir verschmelzen buchstäblich. Unter großem Druck speit sein Schwanz Sperma in meine pochende, nasse Enge. Er überschwemmt mich mit seiner Flüssigkeit, die aus meinem engen Loch spritzt.

Er brüllt düster, während unsere Geschlechter im gemeinsamen Orgasmus flattern. Ich genieße seinen extrem dicken Schwanz in mir und liebe es, wie er mich dehnt und füllt und wie seine harten Spermastrahlen mein Inneres massieren.

Jaxx wartet und nachdem der Höhepunkt abgeklungen ist, dreht er mich auf den Rücken. Jetzt überragt er mich, reißt sich die Halbmaske vom Gesicht und verschlingt sofort meinen Mund. Diesmal ist er vorsichtiger. Sein Phallus ist immer noch in mir. Er beißt mir leicht in den Nacken und verursacht bei mir eine Gänsehaut, die die feinsten Härchen an meinem Nacken zum Vibrieren bringt.

Er küsst mich einnehmend und leidenschaftlich und ich spüre, wie er beginnt, sich zu öffnen. Ich umklammere das Laken, als Jaxx anfängt, mich zu ficken. Sein Bein ist angewinkelt, meine Schenkel sind weit gespreizt. Bei jedem harten Stoß erhalte ich seine volle Länge. Mein Becken summt wie ein Bienenstock, während unsere Geschlechter heftig aufeinanderprallen.

Jaxx grinst mich zum ersten Mal an, während er erneut mit seinen Lamellen vibriert. Ich bin verloren und falle über die Klippe. Ich greife nach seinen Haaren und er beugt sich herunter und küsst mich innig, während sein Schwanz mich mit tiefen Stößen spaltet. Durch die vibrierenden Lamellen bekomme ich einen zweiten Orgasmus, der im ersten explodiert. Ich halte den Atem an, bevor ich auf seinem zuckenden Glied in tausend Stücke zerplatze.

Nachdem sich die Höhepunkte beruhigt haben, hilft mir Jaxx von seinem Schwanz runter und holt mich auf seine breite Brust. Ich gehe in seiner Umarmung förmlich unter, während mein Puls in meinen Ohren rast. »Genau das hat mir gefehlt.«

»Und das werde ich dir nicht länger verweigern. Du bist meine Frau und ich werde mich von nun an um dich kümmern.«

»Deine Frau?«

»Ja, da steht auf deinem Handgelenk. Du gehörst zu Jaxx Xej, also zu mir!«

»Hast du mich zur Frau genommen, als du mich gebrandmarkt hast?«

»Ja, das habe ich.«

»Und mein Name ist jetzt Aviana Xej?«

»Nun, in dieser Hinsicht... ja.«

»Was ist an meinem Handgelenk eingebrannt?«

»Eigentum von Jaxx Xej.«

»Ist das normal für dich?«

»Ja, alle meine Sachen haben das Zeichen.« Unerwartet greift Jaxx nach meinem Mundwinkel. »Nan hat sich um dich gekümmert?« Sein Finger streicht sanft über meine Unterlippe, verharrt auf der Stelle und mein Gesicht ruht in seiner großen Hand.

»Ja, warum?«

»Weil ich dir deine Medizin immer noch nicht geben konnte. Leg dich auf den Rücken und spreize deine Beine!«, raunt er und steht auf. Sein großer, muskulöser Körper ist perfekt. Kein Gramm Fett, dafür gut definierte Muskelstränge, die sich bei jeder Bewegung sexy zusammenziehen. Sein Schwanz zuckt zwischen den Beinen. Ich beiße auf meine Unterlippe … Mmh, er ist ein herrlicher Vibrator. Lang, dick und mit lustbringenden Lamellen bedeckt. Die Widerhaken schwingen bei jedem Schritt, den er macht.

»Bin ich also jetzt deine Frau? Im Sinne von Ehefrau?«

»Ja, das bist du.«

»Und feiert man bei euch die Hochzeit nicht?«

»Nein. Das Zeichnen bestätigt die Gültigkeit.« Jaxx kehrt mit der Tasche zurück, die er bei sich trug. Dann holt er eine dicke Kugel, die mit gelbem Staub bedeckt ist, heraus ...

»Was ist das?«

»Deine Medizin«, antwortet er und schiebt den Ball sanft in meine Muschi. Dann zieht er meine Knie zusammen und deckt mich zu. »Schlaf, während ich das Fleisch für dich zubereite«, sagt er.

»Du bist so anders …«

»Ich bin so, weil du mich so haben wolltest. Ich bin wieder ich selbst.«

»Jaxx, mir gefällt es, wie du jetzt bist! Und ich wusste, dass du ein Herz hast. Irgendwo tief unter deiner Rüstung!«

»Ich weiß nur eines: Ich möchte, dass du nie wieder Leid erlebst!« Er öffnet eine Nische in der Wand und schnappt sich frische Klamotten, bevor er das Schlafzimmer verlässt.

KAPITEL 6

Ich gehe direkt unter die Dusche. Mein ganzes Blut und der Dreck kleben immer noch an mir. Aber ich grinse. Etwas, das ich nie getan habe - LÄCHELN. Und das fühlt sich unerwartet so gut an. Alles ist jetzt anders. Nachdem wir uns unterhalten hatten, vergrub ich das Arschloch in mir. Avi hatte es nicht verdient, so behandelt zu werden. Tatsächlich habe ich sie überhaupt nicht verdient. Ich habe alles falsch verstanden, mich von trügerischen Impulsen leiten lassen. Oder mein Herz war einfach verschlossen. Es gab vielleicht eine andere Frau, die ich jetzt losließ. Ich habe meine eigene Frau. Eine wunderschöne weibliche Frau mit langen aschblonden Haaren und himmelblauen Augen. Nanya ließ mich aus dem dunklen Loch kriechen, in das ich gefallen war. Und jemand anders hat mir ebenfalls dabei geholfen. Ich denke an meinen Freund, Nan.

Dennoch würde ich Nan gerne töten, weil er derjenige war, der mir auf schmerzhafte Weise die Augen geöffnet hat. Die Art, wie er Avi behandelte, ließ mich vor Wut explodieren. Ich konnte nicht anders, als zu bemerken, wie sie ihn ansah. Sie fand in ihm das, was ich ihr von Anfang an verwehrte. In diesem Moment habe ich mir geschworen, anders zu sein. Und jetzt fange ich wieder von vorne an und werde wieder der sein, der ich war.

Der Schmutz und das Blut fließen mit dem Wasser an mir herunter. Die erfrischende Dusche tut gut. Voller Energie verlasse ich die Duschkabine, schnappe mir Zkapzu und trockne mich im Bruchteil einer Sekunde ab.

Jetzt schlüpfe ich in die frischen Klamotten und gehe in die Küche. Ich denke darüber nach, wie ich ihr Essen noch schmackhafter machen kann. Bei diesem Fest auf der Erde sah ich Menschen, die Fleisch über den Flammen grillten. Das Feuer war klein und es brutzelte einige Zeit, bevor sie es aßen.

Ich gehe in den Lagerraum und suche nach Stahlstäben, die ich schnell zu einem Gitter zusammenschweiße. Und aus einem Stahlblech mache ich eine hohle Kiste, die an einem Ende offenbleibt. Unter dem Spalier verbrauchten die

Menschen Brennstoff. Also verlasse ich für einen Moment mein Quartier und sammle ein paar Holzstücke.

Zurück in der Küche lege ich das Holz hinein und zünde es an. Darüber kommt das Raster. Während das Holz brennt, hole ich das Fleisch. Zwei Stücke, meins roh, lege ich auf eine der Platten. Ihr Stück schneide ich mit dem Jagdmesser in Scheiben und lege sie auf das Gitter. Das Fleisch beginnt zu zischen, es brutzelt. Mein Plan hat funktioniert. Aber ich muss vorsichtig sein, denn beim letzten Mal hat das starke Feuer das Fleisch in Holzkohle verwandelt.

Als das Fleisch goldbraun ist, steche ich mit dem Jagdmesser hinein, um den Gargrad festzustellen. Da kein Blut mehr austritt, sollte es getan sein. Ich nehme es herunter und lege die gehackten Fleischstücke auf ihren Teller.

Zufrieden gehe ich zurück in mein Schlafzimmer. Avi sieht mich erwartungsvoll an, als ich zur Tür hereinkomme.

»Wie geht es dir?«, möchte ich wissen.

»Bisher ganz gut.«

Ich setze mich ans Ende des Bettes. »Und meinem Fötzchen?« Ich grinse breit, während ich meine Hand auf ihre Muschi lege. Ihre Wangen brennen, als sie mich verlegen ansieht.

»Deinem Fötzchen geht es gut. Deine Kugel hat Wunder bewirkt. Aber sollte sie nicht raus?«

»Sie sollte sich inzwischen aufgelöst haben. Deine Schleimhaut hat alles aufgesaugt«, sage ich, während ich die Decke hochhebe und einen Blick auf ihre zartrosa, glänzende Fotze werfe.

»Weißt du?«, beginnt sie und richtet sich auf.

Ich beuge mich zu ihr hinunter. »Was?«

»Dein neues ICH gefällt mir! Bleib bitte so.«

Jetzt fühle ich mich in ihrer Gesellschaft wohl. Und anstatt sie wegzustoßen, ziehe ich sie zu mir und küsse sie. Dabei vergesse ich die Zeit …

»Unser Abendessen ist fertig und deines wird bald kalt sein«, informiere ich sie nach dem innigen Kuss.

»Ich bin gespannt, was es zum Abendessen gibt. Oh, warte … ich weiß, es gibt FLEISCH!«

»Willst du es nicht mehr essen?«

»Ich esse es, aber auf lange Sicht...«

»Ich besorge dir später noch etwas anderes.« Ich weiß, dass Keno Obst für Aria auftreibt und sie etwas Getreide anbauen. Nun, ich wüsste gern, wo das Obst wächst. Aber es wäre nicht angebracht, sie damit zu belästigen.

»Das hört sich gut an!«, sagt sie und steht auf. Ich erhebe mich auch und gehe zu einer der Nischen, öffne sie und gebe ihr ein sauberes Hemd von mir.

»Wir gehen in die Katakomben«, überlege ich laut.

»Katakomben?«

»Genau, da gibt es Kleidung, auch in deiner Größe. Aber vorher stärken wir uns.«

»Danke, ich bin gespannt, wie diese Katakomben jetzt aussehen. Gibt es dort Zeichnungen oder Schriftzeichen?«

»Ja, schon. Aber einige sind unleserlich.«

»Darf ich sie mir ansehen?«

»Du interessierst dich für Schriftarten?«

»Ja, ich habe Sumerisch studiert und mir fehlte etwas für den Abschluss. Jetzt werde ich es nie tun ...«

»Du bist eine Gelehrte?«

»Genau, so etwas in der Art.«

»Und bist du jetzt traurig, dass du dein Studium nicht beenden kannst?«

»Nein. Ich bin froh, hier zu sein.«

»Dann muss ich dir etwas geben«, sage ich und greife in die Schublade daneben, hole einen kleinen Datenspeicher heraus, den ich aufgehoben habe, als die beiden Wichser sie vergewaltigen wollten. »Ich glaube, das ist deins!« Ich strecke meine Hand aus und sie sieht den kleinen Datenträger an.

»Du hast es? Aber woher?«

»Muss dir auf der Erde verloren gegangen sein.«

»Danke, das bedeutet mir sehr viel.«

»Was ist drauf?«

»Das Konzert … Meine Musik, die du gehört hast. Aber ich kann es nicht abspielen, oder hast du etwas, womit es gehen würde?«

»Wenn ja, könnte es in den Katakomben zu finden sein. Dort lagern wir all den nutzlosen Kram, der versehentlich auf unseren Shuttles gelandet ist.«

Sie schlüpft in das Hemd und nimmt meine Hand in ihre. Ich zucke unwillkürlich zusammen, während meine Brust warm wird. Sie fühlt sich gut an und ich drücke ihre kleine Hand etwas fester. Wir gehen in die Küche und setzen uns an den Tisch. Für mich ist das alles Neuland, aber es ist spannend.

»Guten Appetit«, sagt sie. »Das wünscht man sich, bevor man mit dem Essen beginnt«, fügt sie hinzu.

»Guten Appetit auch dir«, wiederhole ich, da ich von ihr lernen möchte, wie man eine gute Beziehung führt.

Aber sie isst kleine Bissen, während ich das ganze Fleisch auf einmal verschlingen möchte. Vielleicht sollte ich mich anpassen? Kurzerhand hole ich mir mein Jagdmesser. Ich zerteile damit mein Fleisch und Avi schaut mich fast verwundert an.

»Ich möchte das Essen mit dir genießen«, sage ich, denn sonst wäre ich in weniger als einer Minute fertig und würde ihr beim Essen zusehen.

»Dann genieße dein Mahl«, antwortet sie und strahlt mich an.

»Du hast Mal das Besteck erwähnt…«

»Ja, das sind Küchenutensilien, mit denen man isst. Löffel, Gabel ... das Messer kennst du auch.«

»Willst du so etwas?«

»Nur wenn es dich nicht stört.« Ihr Blick wandert zu meinem selbstgebauten Grill. »Hast du es für mich gebaut?«, fragt sie bewegt.

»Ja, ich wollte, dass du das Essen selbst zubereiten kannst, wenn ich nicht da sein sollte.«

»Danke, Jaxx. Das ist nett von dir.« Sie streichelt meinen Handrücken und mein Schwanz zuckt sofort. Ich könnte sie noch einmal bumsen. Meine lustvollen Gedanken kreisen um die Fleischlust, aber ihre aufrichtigen Worte berühren mich.

»Für dich gerne«, antworte ich. »Probiere das Fleisch.«

Sie nickt mir zu und steckt sich ein Stückchen in den Mund. In diesem geilen Mund bescherte sie mir einen besonderen Orgasmus. Es ist heiß, ihr beim Essen zuzusehen, und wenn das Fleisch roh wäre, wäre es noch heißer. Aber ich bin auch mit dieser Show zufrieden.

Ich genieße die Aussicht, während ich die kleinen Fleischstücke verschlinge. Während sie kaut, schlucke ich einfach herunter und bin natürlich schneller fertig als sie.

»Ich möchte dich etwas fragen«, sagt sie plötzlich.

»Frag!«

»Wo könnte ich die Klamotten zum Trocknen aufhängen?«

»Auf dem Dach. Ich habe es ausgebaut, aber noch nicht benutzt.«

»Könntest du ein paar Seile oder so etwas spannen, wo die Wäsche hängen kann? Ich vermisse mein Höschen«, gibt sie zu.

»Das vermisse ich an dir nicht!«

»Soll ich jetzt unten ohne herumlaufen?«

»Das würde mir gefallen. Aber ich spanne ein paar Seile für dich.«

Nach dem Abendessen ziehen wir lange Kleidung an, meine hängt an ihr. Zum Schluss sind die Halbmasken dran. Als ich ihr eine anbringen will, schaut sie mich verwirrt an. »Wozu brauche ich eine Maske?«

»Auf lange Sicht ist es besser, zumindest draußen eine zu tragen. Das schont die Lunge«, sage ich.

»Okay.« Sie lässt es zu und ich setze ihr ihre eigene Halbmaske auf.

»Und wie atmet es sich jetzt?«

»Ziemlich gut. Noch besser als ohne.«

»Ja, und ohne wirst du schneller müde.«

»Trägst du sie deshalb?«

»Ja, wir haben ein sensibleres Atemsystem und die Halbmaske macht die Luft erträglicher.«

In entsprechender Ausrüstung gehen wir gemeinsam zu den Katakomben. Der Weg ist nicht weit und wir erreichen die Höhlen ziemlich schnell.

»Sind sie riesig!« sagt sie, als wir die Katakomben betreten. »Wie alt sind sie wohl?«

»Schwer zu sagen. Sie waren hier, als wir ausgesetzt wurden.«

»Ihr wurde ausgesetzt? Von wem?«

»Unsere sogenannten Schöpfer haben uns auf diesem Planeten zurückgelassen. Es ist lange her. An die Zeit davor können wir uns nicht erinnern. Also war ich auf der Mission, unsere Macher zu finden.«

»Wie grausam von ihnen!«

»Sie haben Experimente durchgeführt und eine andere Art von uns geschaffen. Die Animal Predator, die zu unseren Feinden wurden. Es ist anscheinend interessant zu sehen, welche Rasse überlebt ...«

»Was bedeutet das?«

»Wir sind Jäger, geboren zum Jagen! Und unsere Feinde sind die Animal Predator. Wir leben in der ewigen Jagd. Fressen oder gefressen werden! Am Ende wird sich der Stärkste durchsetzen!«

Sie ist schockiert. »Du meinst, ihr kämpft gegeneinander?«

»Ja. Aber die Bastarde sind auf der anderen Seite der Welt. Sie halten sich immer noch zurück, als würden sie auf etwas warten. Aber ich weiß, dass es früher oder später zu einer Konfrontation mit ihnen kommen wird!«

»Jaxx, ich habe Angst…«

»An meiner Seite brauchst du keine Angst zu haben! Ich beschütze dich!«

»Aber was ist mit dir? Ich mache mir Sorgen, dass dir etwas passieren könnte.«

»Das wird es nicht. Ich bin ein knallharter Bastard! Nur du konntest tiefer in meine Seele blicken, Nanya. Niemand außer dir weiß, was in mir vorgeht.«

»Du kannst mir alles erzählen. Ich bin für dich da«, sagt sie, ohne zu wissen, was sie damit bei mir bewirkt.

Ich nicke ihr zu und ziehe sie näher an mich.

»Warum warst du eigentlich auf der Erde?«

»Ich war zufällig auf deinem Heimatplaneten gestrandet, weil die Fogos[10] mich zum Absturz brachten.«

»Was sind Fogos?«

»Anscheinend unsere neuen Feinde. Frag nicht, woher sie kommen, denn ich weiß es nicht. Aber sie sind mir gefolgt, als ich nach dem Planeten unserer Schöpfer gesucht habe.«

---

[10] Eine unbekannte Rasse Außerirdischer Invasoren.

Sie nimmt meine Hand in ihre. »Oh, Jaxx. Es hätte böse enden können. Aber diese Fogos haben dich auf die Erde gebracht …«

»Du hast recht, ich sollte dankbar sein, ich verdanke diesen Bastarden meine Frau!« Ich mag meine neue Seite und kann nicht verstehen, warum ich ihr meine schlechtesten Eigenschaften gezeigt habe.

»Ich bin froh, dass du in mein Leben getreten bist.« Sie lächelt mich an. Ich konnte mir von Anfang an nicht vorstellen, dass eine Frau mich haben wollte. Schließlich wollte ich eine rauben, auch wenn ich damals noch nicht ganz verstand, was das bedeutete.

Ich führe sie in die Lagerräume. In all der Zeit ist hier einiges zusammengekommen. Da wir keine Wirtschaft haben, beziehen wir die Kleidung von anderen Planeten. Für den Dschungel eignen sich besonders gut lange Sachen. Avi entdeckt das Regal mit den kleineren Klamotten und findet ziemlich schnell passende Kleidung. Sie zieht sich um und trägt nun einen blauen Ganzkörperanzug und einen hellblauen Schal, den sie sich locker um den Kopf bindet.

»Ich werde sehen, ob ich etwas Nützliches zum Abspielen deines Datenträgers finde.«

»Darf ich mir jetzt die Schriften ansehen?«

»Ja, tu dir keinen Zwang an. Aber bleib in meiner Nähe.«

»Ja.« Sie blickt auf die Wände, ist fasziniert und entfernt sich langsam von mir. Ich behalte sie im Auge, während ich in der Elektronik wühle.

»Jaxx?«

»Ja?«

»Ich habe etwas gefunden, kannst du kommen?«

Ich lasse alles fallen und eile zu ihr. »Was hast du da?«

»Hier ist eine Art Spalt, und wenn man hindurchschaut, sieht man Eisenplatten. Sie sind beschriftet.«

Wir haben dieser schmalen Lücke nie Beachtung geschenkt.

»Was zum Teufel ist das?« Ich wundere mich. Denn während ich über die Ränder des Risses streiche, fallen Erde und Sand herunter. Darunter ist Metall. Ich schiebe die beiden Metallplatten auseinander und wir gehen in ein ... verdammte Scheiße! »Es ist ein Raumschiff!«, sage ich erstaunt. Aber wer hat es in den Katakomben versteckt?

»Jaxx, diese Sprache ... sie ähnelt dem Sumerischen...«, stellt sie erstaunt fest.

»Du kannst es lesen?«

»Ja, teilweise. Ich muss noch etwas entschlüsseln, aber ich könnte es schaffen. Ich habe diese Sprache gelernt!«

»Kennst du diese Sprache nicht?«

»Doch schon. Sie ähnelt unserem Yerxian, aber es gibt Unterschiede.«

»Wer benutzt diese Sprache? Jaxx… Alal[11]…«, liest sie. »Heißt es nicht Zerstörer?«

»Ja.«

»Dungiru[12] ... ich kenne das Wort nicht!«, sagt sie.

»Das bedeutet zehn - die zehn der Götter, frei übersetzt ... Aber was bedeutet das?« Es sind nur einzelne Wörter zu finden, die anderen wurden bewusst entfernt. »Was bedeutet dieses verfluchte Rätsel?«

»Ich habe hier noch mehr Platten.«

»Ina Itutu Asbu[13]«, lese ich.

»Etwas mit Dunkelheit?« fragt Avi.

»Leben in der Dunkelheit«, sage ich.

»Kadingir…«, liest sie. »Tor der Götter … Jaxx was bedeutet das?«

»Ich weiß es nicht.« Wir finden weitere Wörter, die ohne Zusammenhang in die Tafeln eingraviert sind.

---

[11] Zerstörer/Sumerisch

[12] Zehn, der Götter zehn/Sumerisch

[13] Wohnen in Dunkelheit/Sumerisch

Etwa »Ensi[14], Mulapin[15], PETA BABKAMA LURUBA ANAKU[16], Anbar[17], Awil ina Yerxes Prime[18], Etlu[19], Sharur[20], Girru[21], Belu[22], NINGISHZIDDA[23] … Kataru[24]Bel ade u mamit[25], Litum[26]«, lese ich laut vor.

»Kannst du das nachvollziehen, Linguistin?«

»Durchaus ... Schaue Mal, man kann die Spuren der anderen Wörter sehen, die sie zu entfernen versuchten. Ich brauche etwas Zeit, aber ich könnte es richtig transkribieren. Dann müssen wir die Bedeutung des Ganzen verstehen.«

»Wir nehmen die Platten mit und ich erzähle den anderen von unserem Fund. Wir müssen uns das Raumschiff genau ansehen. Es ist eine andere Technologie als unsere«, sage ich, weil ich so etwas noch nie zuvor gesehen habe.

---

[14] Rechtschaffener Herr/Sumerisch

[15] Planet/Sumerisch

[16] Öffne das Tor für mich, sodass ich eintreten kann/Sumerisch

[17] Himmlisches Metall/Sumerisch

[18] Mann von Yerxes Prime/Sumerisch

[19] Krieger/Sumerisch

[20] Jäger/Sumerisch

[21] Kampf/Sumerisch

[22] Auslöschen/Sumerisch

[23] Herr des Werkzeuges des Lebens/Sumerisch

[24] Bündnis (eingehen)/Sumerisch

[25] Vasall/Sumerisch

[26] Sieg/Sumerisch

»Ja. Ich mache mich an die Arbeit«, antwortet sie, als ich die Bretter mitnehme.

»Die Tafeln scheinen von großer Bedeutung zu sein«, überlege ich laut.

»Mir wird übel, wenn ich an einzelne Wörter denke. Das bedeutet nichts Gutes, Jaxx!«, sagt sie. Irgendwann beginnt sie mehr zu hinken und ich knie vor ihr nieder. »Ich werde dich tragen«, sage ich. Sie nimmt die Einladung an und ist in kürzester Zeit auf meinem Rücken. *Dein zartes Federgewicht an mir zu spüren ist einfach wunderschön.* Und der verdammte Nan hat sie auch so getragen. Ich sollte der Wut nicht nachgeben, aber ich kann es nicht ertragen, wenn jemand anderes sie berührt.

»Hat es dir Spaß gemacht, als Nan ... dich so getragen hat?«

»Jaxx. Ich war verletzt. Und ich war froh, bei ihm zu sein. Ich hatte nur ihn. Er hat mich beschützt … Bist du eifersüchtig?«

»Würde es dir gefallen, wenn ich so eine andere Frau tragen würde?«

»Nein! Ich würde ihr am liebsten den Hals umdrehen.«

»Dann ist meine Reaktion verständlich, oder?«

»Ja. Tut mir leid, wenn dich das verärgert hat, aber ich konnte nicht laufen.«

»Es ist okay, ich komme damit klar. Aber von nun an werde ich der Einzige sein, der dich so trägt!«

»Ich bitte darum!«, wispert sie.

»Jetzt haben wir viel größere Sorgen. Ich weiß, in welche Richtung es gehen könnte. Ich glaube, uns steht eine Apokalypse bevor!«, teile ich meine Gedanken mit.

»Ich habe die gleiche Vorahnung«, bestätigt sie meine Vermutung.

»Vielleicht bist du die Auserwählte, die uns rettet?! Ich meine, du bist seit kurzem hier und du hast ein Raumschiff und geheime Tafeln gefunden.«

»Nein, denn nur du bist der Mann von Yerxes Prime. Und wenn ja, dann retten wir uns gemeinsam!«

***

Zu Hause macht es sich Avi mit den Brettern gemütlich. Ich habe sie in Ruhe arbeiten lassen, weil das sehr wichtig ist.

Sie arbeitete bis spät in die Nacht an der Transkription. Ich kümmerte mich um das Essen und spannte die versprochenen Seile auf dem Dachboden.

»Jaxx«, ruft sie irgendwann. Ich lasse alles fallen und gehe direkt in den Wohnbereich.

»Ich habe den Text fertig ... Aber er wird dir nicht gefallen«, sagt sie. Auf ihrem Gesicht ist der Schock deutlich zu erkennen.

Sie gibt mir den Holorahmen und ich lese.

»Die Zehn der Götter schicken die Zerstörer, um Dunkelheit über den Planeten Yerxes Prime zu bringen. Der gerechte Herr wird zusehen, wie der Planet im Kampf ausgelöscht wird. Nur ein Mann von Yerxes Prime wird in der Lage sein, das Tor zur Erlösung mit himmlischem Metall zu öffnen, sodass der Zutritt zur Rettung möglich sein wird. Krieger und Jäger werden eine Allianz bilden und der Vasall muss Opfer bringen, um Herr des Lebens, und Werkzeug der Schöpfung zu werden. Sieg und Niederlage gehen auf einem schmalen Grat Hand in Hand.«

»Kannst du etwas damit anfangen?«

»Ja, denke schon. Aber ich muss die anderen fragen. Ich bin mir nicht ganz sicher. Deshalb werde ich jetzt ein Treffen einberufen!« Ich aktiviere meinen Kommunikator.

»Jaxx, weißt du, wie spät es ist?«

»Stell dich nicht an, Keno. Wir haben Probleme! Wir müssen uns alle treffen. Eine Apokalypse droht uns!«, kontere ich. Die anderen Predator hören uns zu. »Wir müssen uns in den Katakomben treffen, am besten jetzt. Ich muss euch etwas zeigen.«

Ihre knackenden Laute bestätigen die in Kenntnisnahme. »Wir sind unterwegs«, sagt Nan. Ich deaktiviere den Kommunikator.

»Jaxx...«

»Ja?«

»Da ist noch etwas anderes. Ich glaube, das sind die Koordinaten, oder?« Sie zeigt mir tatsächlich die Koordinaten auf der Rückseite einer der Tafeln.

»Ja, das sind die Koordinaten und jetzt macht es Sinn.«

»Wie meinst du das?«

»Das Tor, von dem die Rede ist, ist der Eingang zum Universum unserer Schöpfer. Himmlisches Metall ist das Raumschiff in den Katakomben. Es ist das Schiff unserer Schöpfer und ich glaube, nur mit diesem Schiff können wir ihre Welt erreichen. Deshalb ging meine Mission schief.«

»Gehst du jetzt?«

»Ja, die Zeit drängt. Aber du kommst mit mir«, sage ich, weil ich sie nicht mehr alleine lassen werde. Meine kleine Frau springt mir buchstäblich in die Arme und ich hebe das Leichtgewicht auf meine Hüften. »Ich könnte dich ficken, wenn das Treffen nicht so dringend wäre!«, raune ich nah an ihren Lippen.

»Sobald ihr fertig seid, kannst du mich ficken.«

»Definitiv! Dafür werde ich immer Zeit finden!«, antworte ich und drücke meine Lippen auf ihre. Ich kann nicht zulassen, dass mir das Glück, das ich mit ihr finden werde, genommen wird. Ich unterbreche den Kuss und schaue sie an.

»Jaxx, versprich mir, dass du nichts riskierst! Dass du auf dich aufpasst!«

»Ich bin ein Krieger, ein Jäger. Nichts haut mich so leicht um. Aber ich verspreche es dir. Ich werde dich beschützen. Wenn mir jedoch etwas zustößt, muss jemand anderes da sein, der sich um dich kümmert …«

»Nein! Das will ich nicht hören! Vergiss es!« Sie unterbricht mich und schmiegt sich fest in meine Umarmung. Ihre Haare riechen so gut. Ich schnüffele an ihr und präge mir ihren Duft ein. Meine Hände graben sich in ihren wunderschönen Hintern. Und bevor das Ganze außer Kontrolle gerät, laufe ich mit ihr in den Flur, schnappe mir unsere Masken und steige in den Aufzug. Ihr Körper ist so nah an meinem, dass ich gierig ihre Wärme aufsauge. Sie mit an mir zu spüren, erfordert meine ganze Kontrolle. Denn ich liebe es, wenn sie unter mir stöhnt. Ich liebe es, meinen dicken Fickschlauch in ihre Fotze zu rammen und sie bis zum Äußersten zu dehnen, bis sie meinen Namen schreit. Ich atme tief ein und aus, beruhige meine brennende Libido und ignoriere den riesigen Ständer in meiner Hose.

»Willst du mich nicht runterlassen?«

»Nein, du hinkst sowieso! Und die Zeit drängt!«

»Suchst du einen Vorwand, mich zu tragen?«

»Ich würde es so oder so tun, es gibt keinen Grund nach einem Vorwand zu suchen!«

»Du bist ein neuer Mann... ähm... Predator.«

Ich hätte mich nie kalt geben dürfen. Jetzt ist es so, wie es immer hätte sein sollen. »Mit dir bin ich, ich selbst! Und ich werde nicht noch einmal mein wahres Ich verbergen.«

Sie drückt ihren Mund auf meinen und ich stoppe, um ihren heißen Kuss zu erwidern …

***

Die Biodioden[27] beleuchten die Höhlensysteme der Katakomben. Ich beeile mich und gehe zum Sammelpunkt. Hier ist es sicher und alle passen rein, deshalb halten wir hier große Meetings ab. Am Treffpunkt warten die anderen bereits auf uns. Ich lasse meine Frau auf den Boden sinken und die Männer schauen sie neugierig an.

»Krieger, danke, dass ihr auf meinen Ruf geantwortet habt. Zuerst möchte ich euch meine Frau Avi vorstellen. Sie ist für euch tabu, weil sie mir gehört!« Ich schaue insbesondere Nan an und zeige den anderen ihr Handgelenk. Obwohl ich gerade Nan nicht als Kandidat ausschließen würde, sollte

[27] Pflanzen, die an den Wänden wachsen und mit Hilfe der Symbionten selbst Licht erzeugen.

mir etwas passieren ... Scheiße, ich sollte mir so einen Scheiß nicht denken.

»Hallo Avi!«, kommt von überall her, denn alle grüßen sie. Sie winkt den Kriegern zu.

»Warum hast du uns gerufen?«, fragt Zar.

»Weil meine Frau durch Zufall eine Entdeckung gemacht hat. Hier in den Katakomben fand sie ein Raumschiff, an dem wir immer vorbeigingen.«

»Ein Raumschiff? Was für ein Schiff?«, will Leto wissen.

»Das unserer Macher! Da bin ich mir sicher, und es waren bestimmte Tafeln an Bord, die wir mitgenommen haben. Darauf stand eine Nachricht, die teilweise unleserlich war. Aber... Meine Frau ist eine Sprachwissenschaftlerin und da sie die Schöpfersprache studiert hat, gelang es ihr, die Schriften zu transkribieren und schwer lesbare Passagen teilweise zu rekonstruieren. Und dabei kam Folgendes heraus:

»Die Zehn der Götter schicken die Zerstörer, um Dunkelheit über den Planeten Yerxes-Prime zu bringen. Der gerechte Herr wird zusehen, wie der Planet im Kampf ausgelöscht wird. Nur ein Mann von Yerxes-Prime wird in der Lage sein, das Tor zur Erlösung mit himmlischem Metall zu öffnen, sodass der Zutritt zur Rettung möglich sein wird. Krieger und Jäger werden eine Allianz bilden und der Vasall muss Opfer bringen, um Herr des Lebens, und Werkzeug der Schöpfung zu werden. Sieg und Niederlage gehen auf einem schmalen Grat Hand in Hand«, lese ich vor.

»Und hat jemand eine Ahnung, was das bedeuten könnte? Avi und ich tippen auf einen kommenden Krieg und die Rettung durch himmlisches Metall, das ist dann das gefundene Schiff ... Und jetzt lasst uns hören, was ihr darüber denkt.«

»Vasallen? Wenn wir uns verbünden, dann mit den Animal Predator … Ist es das, was sie meinen? Aber wer sollte hier ein Vasall sein und über welche Opfer reden wir?«, überlegt Ryon laut.

»Wer sollten die zehn Götter sein? Meinen sie andere Rassen? Oder ist es eine Metapher?«, fragt Sevius.

»Keine Ahnung! Was ich weiß, ist, dass wir zu den angegebenen Koordinaten fliegen und herausfinden müssen, was sich dort verbirgt! Denn die Erlösung ist in ihrer Welt. Wie machen wir das?«, frage ich die Gruppe.

»Wir sollten ein Aufklärungsteam zusammenstellen und zu den Koordinaten fliegen.«

»Ich werde mit den Animal Predator reden«, schlägt Kreit vor.

»Sie bringen dich um! Besser einer von uns tut es unter der weißen Flagge.« Keno sieht mich an und ich nicke ihm zu.

»Aber die Schrift sagt, ein Mann von Yerxes Prime... Ist wirklich nur ein Mann gemeint?«, macht Avi uns auf den Text aufmerksam.

»Könnte sein. Dann sollte ich gehen!«, sage ich. »Das war von Anfang an meine Mission und ich werde sie zu Ende bringen!«

Nanya packt sofort meinen Arm und schaut flehend zu mir auf. Ich wünschte, ich könnte aufhören, aber die drohende Apokalypse muss gestoppt werden. Ich sende Nanyas Transkription an alle Jäger. »Wenn ihr mehr erfahrt, teilt uns eure Vermutungen mit!«, schlage ich vor und sehe in die Menge. »Und jetzt sollen wir uns das Raumschiff ansehen«, fahre ich fort und führe die Krieger zum Shuttle.

Sie staunen, weil wir immer an diesem Riesen vorbeigegangen sind. Einige der Jäger, unsere Techno-Freaks, erklären sich bereit, das Schiff zu inspizieren und zum Fliegen zu bringen, aber zuerst muss der Ausgang gefunden werden. Denn irgendwie muss das Schiff hier reingekommen sein und sollte die Katakomben auf dem gleichen Weg wieder verlassen können. Ansonsten müssen wir die Erdschichten abtragen.

Der Rest von uns geht zurück nach Hause. Wir müssen uns für den Kampf wappnen und einen vorübergehenden Waffenstillstand mit den Animal-Predator schließen. Und ich... nun, ich werde meine Mission beenden.

»Du hast es nicht ernst gemeint, oder? Du willst dich alleine auf die Suche nach einer unbekannten Welt, die möglicherweise gefährlicher ist als diese, aufmachen?«

»Ich habe keine Wahl, Nanya. Ich wünschte, ich könnte mit dir in den Sonnenuntergang fliegen, aber... Dies sind keine friedlichen Zeiten. Du kennst den Text.«

»Ja, aber außer dir gibt es noch 200 Krieger, oder sogar mehr?! Warum du?«

»Weil das von Anfang an meine Mission war. Du selbst sagtest, es müsse ein Mann sein.«

»Ja, so steht es zumindest im Text... ich...«

Ich bleibe stehen und drehe mich zu ihr um, sie hinkt und ich knie mich erneut nieder. »Los, komm auf meinen Rücken! Ich bringe dich nach Hause«, sage ich ihr. Und sie gehorcht.

»Dann komme ich mit!«

»Wohin? In den Einsatz?«

»Ja! Ich möchte nicht von dir getrennt werden. Wir sind gerade dabei, zueinander zu finden... Das ist unfair!« Sie seufzt. »Weißt du, als ich auf der Bühne stand, habe ich unter all den Menschen nur dich gesehen... Weil ich das Gefühl hatte, ich würde nur für dich singen. Ich wünschte in diesem Moment, dich als Mann an meiner Seite zu haben. Ich fühlte eine starke Verbindung zu dir und wusste, dass ich zu dir gehöre! Gleichzeitig hatte ich Angst, dass du nur meine Einbildung warst und in der realen Welt nicht existiertest.«

»Avi…« Ich ziehe sie auf meinen Rücken und stütze ihren Hintern mit meinen Händen. Sie schlingt ihre Arme um meinen Hals, während ich mit ihr aufstehe. Ihre Beine sind wie zwei Schlangen, die sich um meine schmale Mitte schlingen. »Du bist das Beste, was mir jemals in meinem Leben passiert ist. Und du bist mir sehr wichtig. Und deswegen kann ich dich nicht in Gefahr bringen. Verstehe mich! Du bleibst. Du kannst jetzt dein eigenes Essen zubereiten. Ich habe genug Fleischvorrat! Und ich verspreche dir, so schnell wie möglich zurückzukommen!« Aber ich spreche mit Nan, denn wenn mir etwas passiert, soll er sich um sie kümmern. Auch wenn mir bei dem Gedanken übel wird, ist er die einzige Lösung.

»Ich meine es ernst! Es geht um einen Mann in den Schriften und wir haben nur eine Chance, es richtig zu machen. Also mach es nicht noch schwieriger, als es ohnehin schon ist. Ich erwarte Gehorsam von dir, Avi! Ich bin dein Mann und ich dulde keine

Widerworte. Ich weiß, was in dieser Situation das Beste ist, und ich möchte dich beschützen!«

Sie schnieft und ich spüre bereits, wie ihre nassen Salzperlen auf meinem Rücken platzen. »Wenn du es von mir erwartest, dann werde ich auf dich hören und auf dich warten.«

»Nanya, ich komme zu dir zurück! Versprochen.«

KAPITEL 7

Ich wusste, dass er das sagen würde und seine Worte verletzten mich. Es ist mir egal, wie gefährlich die Reise ist, ich möchte trotzdem bei ihm sein. Ich würde das Risiko eingehen. Aber jetzt habe ich ihm mein Wort gegeben und möchte seinen Erwartungen gerecht werden. Ich weiß, dass er sehr bestimmend ist und es keinen Sinn hat, ihn zu verärgern. Ich bin so froh, dass es zwischen uns im Moment gut läuft. Deshalb bricht es mir das Herz, ihn gehen zu lassen. Denn es kann alles passieren und vorbei sein, bevor es richtig angefangen hat ... »Versprich mir eins«, sage ich leise.

»Ja?«

»Wir bleiben über den Kommunikator in Kontakt, ja?«

»Na, schön. Ich werde mich darauf einlassen.«

Ich atme erleichtert auf. »Danke.«

»Aber ich melde mich bei dir. Denn sonst laufe ich Gefahr, mit deiner reizenden Ablenkung einen Fehler zu machen.«

Jaxx betritt mit mir den Fahlstuhl. Ich streichle sanft seine breite Brust und er knurrt vor Erregung. Die Fahrt kann nicht schnell genug zu Ende sein. Ich will ihn mit jeder Faser meines Körpers und spüre ein pochendes Verlangen in meiner Muschi.

Er setzt mich direkt im Flur ab, um mir die Kleider vom Leib zu reißen. »Wir haben wenig Zeit, Kleines«, flüstert er mir ins Ohr. Seine raue Stimme brennt knisternd unter meiner Haut. Und meine flüssige Erregung ergießt sich zu seinen Füßen, lässt ihn lüstern grinsen.

Jaxx zieht seine Kleidung aus und befreit den riesigen Penis, der sofort hochschnappt. Sein durchdringender Blick geht mir durch und durch. Wir nehmen die Halbmasken ab und ich spreize meine Beine für ihn, während er mich auf seine Taille hebt. Wie ein Berserker versinkt er mit einem harten Stoß vollständig in mir. Der wilde Schmerz durchfährt mich, während er beginnt, sich heftig in mir zu bewegen. Ein Schauer durchläuft mich, als seine Lamellen zu einem Vibrator werden und Vergnügen jede Zelle meines Körpers durchflutet. Meine Haut brennt an seiner, mein Arsch knallt gegen die Wand und seine Zähne beißen sich in meinen fiebrigen Körper.

Jaxx' Mund findet meinen und seine Zunge dringt zwischen meine Lippen und in meinen Hals ein. Meine Zunge schlingt sich um seine, er verwöhnt mich mit Gaumensex, während sein Schwanz mich endlos spaltet. Mein Becken vibriert unter seinen kraftvollen Stößen und meine Muschi weitet sich jedes Mal mit köstlicher Dehnung aus.

Jaxx' Schwanz verschmilzt mit meiner Muschi und die Widerhaken schicken tausende Blitze in mein Lustzentrum. Die Lamellen summen und machen mich wahnsinnig, während sich mein Geschlecht um seinen fickenden Schwanz schlingt und ihn in zuckenden Bewegungen massiert. Jaxx' raues Gebrüll durchfährt mich wie ein Güterzug und ich explodiere auf seinem Schwanz. Seine Samenströme ergießen sich in mein Inneres. Ich klammere mich fest an ihn und genieße die volle Dehnung seines breiten Schafts in mir.

Als er sich in Bewegung setzt, sind wir immer noch verbunden. Im Schlafzimmer löst er sich von mir und bringt mich sofort auf alle Viere. Jaxx drückt meine Brust in die Matratze und zieht meinen Arsch an seinen Körper. Sein Bauch ist glatt und hat einen schönen Achterpack, ich kann jeden Muskel unter meinem Körper spüren. Dann spaltet mich seine

Hitze erneut. Diesmal schneller und tiefer. Jaxx packt mich an der Taille und drückt mich zusätzlich auf seine volle Länge. Ich vergesse zu atmen, während ich jeden seiner Stöße verschlinge ...

Eine seiner Hände schleicht sich an meine Brustwarzen. Er zwirbelt sie abwechselnd und schickt weitere Blitze in meinen Schoß. Die Hitze in mir pulsiert wie mein Herz und meine Säfte spritzen zwischen seinen harten Stößen hindurch. Sein Schaft treibt mich mit jedem Stoß auf die Klippen. Ich schnappe nach Luft und umklammere das Laken, während das Summen seiner Lamellen sein Crescendo erreicht... »Jaxx…«, stöhne ich, während die Intensität der Hitze mich verbrennt und mein Lustzentrum in Ekstase implodiert.

»Nanya…«, kommt ein heiseres Flüstern aus seinem Mund und ist das Schönste, das ich je gehört habe. Harte Spermasalven durchbohren mich, während ich den Atem anhalte. Unsere Geschlechter pulsieren synchron und Jaxx küsst mich innig.

***

Unser Fickmarathon hat Stunden gedauert und ich bin völlig wund. Es brennt fürchterlich zwischen meinen Beinen, aber ich sage nichts. Ich möchte ihn noch lange danach in mir spüren. Vor allem, weil ich nicht weiß, wie lange er weg sein wird.

Es ist spät und Jaxx hat mich in seine Arme geschlossen. Sein ruhiger Atem beruhigt meine Aufregung. Ich kann nicht schlafen und schaue ihn mir genauer an. Meine Finger gleiten über die Linien, die von seinen Mundwinkeln fast bis zu seinen Ohren reichen. Aber sie können seiner rauen, maskulinen Attraktivität nichts anhaben. Ich liebe alles an ihm. Es ist kein Geheimnis, dass ich ihn liebe, ich habe von Anfang an mein Herz auf der Zunge getragen und ihm meine Gefühle gezeigt. Jetzt habe ich ihn endlich erreicht und muss ihn gehen lassen? Es ist so verdammt schwer für mich und mir bricht das Herz, wenn ich nur daran denke. Aber wir haben keine Wahl. Irgendwo war klar, dass er diese Mission übernehmen würde. Er fühlt sich verantwortlich und weil wir dieses Geheimnis gelüftet haben, ist er tiefer involviert als jeder andere. Dennoch wünschte ich, es gäbe andere Möglichkeiten.

»Kannst du nicht schlafen, Frau?«

»Nein, kannst du?«

»Nein, ich genieße deine zärtlichen Berührungen. Machst du dir Sorgen um mich?«

»Ja, sehr sogar. Aber selbst ich kann dich nicht aufhalten. Du bist ein stolzer Krieger, ein ehrenhafter Jäger und ein guter Ehemann.«

»Schön, diese Worte von dir zu hören, das letzte war eine Übertreibung. Ich war ein Drecksack und das werde ich mir nie verzeihen.«

»Das solltest du, schließlich habe ich dir schon vor langer Zeit vergeben. Solche Dinge belasten dich und du kannst diese Last nicht auf deiner Reise gebrauchen.«

Er seufzt, seine Lippen berühren meine Stirn und seine Hände streicheln sanft meine erigierten Brustwarzen, was meinen gesamten Schritt zum Kribbeln bringt.

Und egal wie sehr ich ihn wieder will, mein Mann hat mich fest im Griff. »Das genügt für heute!«, sagt er einfach.

»Seit wann kannst du meine Gedanken lesen?«

»Ich rieche deine Lust, spüre die Spannung in deinem Körper und höre deinen flachen Atem. Und du bist wieder wund ...«

»Es ist schon okay! Stell bloß keine Kugeln her! Ich möchte es spüren ... dich in mir spüren, auch wenn es schon Tage her ist.«

Jaxx hebt mich an seine Lippen. »Du kleine Masochistin!«

»Es macht dir selbst Spaß, mich hart zu ficken und ich liebe es, dich so intensiv zu spüren.«

Seine Hände massieren meinen Hintern, während wir uns in einem tiefen Kuss verlieren. Ich könnte das ewig tun ... in seiner Welt verweilen und die Realität ausblenden. Nur mit ihm kann ich loslassen und den Rest der Welt vergessen.

Nach dem langen Kuss bade ich in seinen Liebkosungen. Als ob Jaxx ein ganz anderer Mann wäre, hat er sich so drastisch verändert. Aber ich bin verrückt nach diesem Alien-Jäger!

Jaxx holt mich an seine Brust und hält mich fest. »Schlaf jetzt«, sagt er und ich gebe auf. Die leichten Wehen in meiner Muschi lassen nach. Die Lust verglüht in der wiederkehrenden Ruhe. Meine Erschöpfung macht sich bemerkbar und zieht mich wie Blei in den Schlaf.

AM NÄCHSTEN TAG

Am Nachmittag bekommen wir Besuch von Nan. Ich fühle mich etwas unwohl, weil ich mich daran erinnere, wie seine Finger sich in meinen nackten Hintern gruben. Ich schaue verlegen zur Seite, während er sich auf den Sitzgelegenheiten im Wohnbereich ausbreitet.

»Ich habe über das Rätsel nachgedacht«, beginnt er.

»Erleuchte mich«, fordert Jaxx ihn auf.

»Ich habe lange überlegt. Für mich klingt es wie eine Prüfung.«

»Bisher waren die Prüfungen jedoch in kleinerem Maßstab konzipiert. Ist das nicht eine Nummer zu groß dafür? Es klingt wie eine blutige Invasion, und wenn sie hier ankommen, wird der Krieg ausbrechen!«

»Dann analysieren wir den Text, Zeile für Zeile!«, schlägt Nan vor.

»Also gut, lass es uns versuchen.«

Nan holt sein Holoframe aus der Tasche. »Die Zehn der Götter schicken die Zerstörer, um Dunkelheit über den Planeten Yerxes Prime zu bringen. Der gerechte Herr wird zusehen, wie der Planet im Kampf ausgelöscht wird. Nur ein Mann von Yerxes Prime wird in der Lage sein, das Tor zur Erlösung mit himmlischem Metall zu öffnen, sodass der Zutritt zur Rettung möglich sein wird. Krieger und Jäger werden eine Allianz bilden und der Vasall muss Opfer bringen, um Herr des Lebens, und Werkzeug der Schöpfung zu werden. Sieg und Niederlage gehen auf einem schmalen Grat Hand in Hand«, liest er vor.

»Sagen wir, die Zehn der Götter sind andere hochentwickelte Rassen, die Eindringlinge nach Yerxes Prime schicken werden. Diese kommen nicht friedlich hierher, sondern mit dem Ziel, alles Leben auszulöschen. Sie wollen einen Kampf sehen, bei dem wir verlieren. Aber gleichzeitig erwähnen sie ihr

Raumschiff, das uns Erlösung bringen wird. Sollten wir diesen Ort erreichen ... Also, solltest du es schaffen, wird dort vielleicht die Antwort sein? Predator und Animal-Predator gehen ein Bündnis ein. Einer von ihnen wird ein Vasall und ein größeres Opfer bringen ... Welches Opfer?«

»Geht es hier um Selbstlosigkeit?«, fragt Avi. »Vielleicht, wenn man über seinen Schatten springen und bereit sein muss, für den Feind zu sterben …«

»Nicht schlecht. Das wäre möglich, denn weder wir noch die Animal-Predator sind selbstlos!«, sagt Nan. »Dann wäre der Test bestanden und der Vasall wäre der wahre Gewinner, denn nur er dürfte … auf dem Planeten bleiben, um sich fortzupflanzen und den Planeten zu bevölkern …«

»Und der letzte Satz? Es wird nur einen Gewinner und einen Verlierer geben und alles hängt von der Bereitschaft ab, diese Opfer zu bringen …«

»Oder sie alle verlieren oder gewinnen, wenn man sich an die Regeln hält, weil Sieg und Niederlage nah beieinander liegen … Hand in Hand auf einem schmalen Grat gehen, abhängig von den Faktoren … Glück, Zufall, Kalkül? Eine Chance von fünfzig zu fünfzig«, mutmaße ich.

»Es geht ihnen darum, zu sehen, wie weit wir gehen würden, um zu überleben. Denn im

Überlebenskampf zählen andere Dinge als in Zeiten des Friedens.«

»Diese Zeilen lassen viel Interpretationsspielraum zu, das muss ich selbst sehen. Erst dann wird der wahre Grund ans Licht kommen.« Jaxx zieht mich in seine Arme, auf seinen Schoß. Ich lehne meinen Kopf an seinen breiten Brustmuskel und atme seufzend ein.

»Jedenfalls werden wir es bald sehen«, sagt Nan, bevor die beiden mit einem alkoholischen Getränk anstoßen. Die beiden reden lange und irgendwann muss ich das Zimmer für kleine Mädchen verlassen. Seit diesem Gespräch ist mir viel durch den Kopf gegangen und ich habe ein ungutes Gefühl dabei. Woher wussten die Schöpfer, dass das Schiff überhaupt gefunden werden würde? Und das, kurz bevor der Kampf beginnt? Woher wusste ich, dass in den Katakomben etwas Wichtiges verborgen lag? Ich fühlte mich von diesem magischen Spalt angezogen, der silbern schimmerte, als das Licht der leuchtenden Pflanzen darauf fiel ...

Als ich zurückkomme, ist Nan weg. »Habt ihr alles besprochen, was wichtig war?«

»Ja. Leider muss ich bald gehen…«

»Warum so schnell? Wollten sie das Schiff nicht aus den Katakomben holen?«

»Ist erledigt. Und es lässt sich steuern wie unsere Shuttles, daher brauche ich keine Vorbereitung.«

»Du meinst, du gehst bald?«

»Ja, wir verabschieden uns jetzt und du wartest hier auf mich.«

»Jaxx, wie lange wirst du weg sein?«

»Schwer zu sagen. Aber wir bleiben in Kontakt.« Er berührt seinen Kommunikator und ich tue es ihm gleich. Seitdem Nan ihn mir in den Kopf implantiert hat, trage ich ihn immer hinter meinem Ohr. Bisher habe ich ihn nicht gebraucht, aber jetzt sieht es anders aus und es ist perfekt, dass ich ihn habe. Jaxx zieht mich in seine Arme. »Sollte etwas sein, wende dich an Nan. Ich habe für einen Monat Vorräte an Essen, aber keine Sorge, ich werde nicht so lange weg sein.«

»Jaxx«, hauche ich in seinen Kuss hinein. *Ich hoffe, dass du dein Wort halten wirst*. Der bittersüße Geschmack seines Kusses lässt mich schlucken. Warum fühlt es sich so seltsam an und ich möchte weinen?

Jaxx unterbricht den Kuss und befreit mich aus seiner warmen Umarmung. »Ich muss mich fertig machen«, sagt er und geht in seine Waffenkammer. Ich folge ihm.

In der Kammer zieht er seine Rüstung an und wirkt noch größer und gefährlicher. Schließlich setzt er seine Maske mit den Dreads auf und sieht brutaler aus als zuvor. Wie an dem Tag, als wir uns das erste Mal trafen, schaute ich unter seine Rüstung und sah den wunderbaren außerirdischen Mann, der er immer war ...

Er bestückt seine Holster mit den Waffen und streichelt sanft meinen Kopf. Ich muss meinen Hals weit in den Nacken legen, um in seine Maske schauen zu können. Mir wird schwer ums Herz, als er sich von mir trennt.

»Es ist Zeit«, sagt er und geht die Treppe hinauf. Ich folge ihm, mein Herz klopft in meiner Brust. »Warte... warte, das kann noch nicht alles gewesen sein.« Meine Brust zieht sich zusammen und ich kann nicht atmen, als die ersten Tränen ausbrechen. Wir haben uns nicht richtig verabschiedet, ich habe das Gefühl, er entgleitet mir und ich werde ihn verlieren. Jaxx bleibt stehen und schaut auf mich herab. Er nimmt mich für einen Moment in seine Arme. Der harte Panzer drückt sich in meinen weichen Körper. Ich schaue zu ihm auf.

»Weine nicht, Frau. Wir sehen uns wieder.« Das sind seine letzten Worte an mich, bevor er in den Aufzug steigt und mich mit gebrochenem Herzen zurücklässt. Er hat mich schon zweimal allein gelassen, aber noch nie hat es sich so endgültig angefühlt wie jetzt.

Die Stille in meinen Ohren klingt plötzlich so laut, als ich ihn ein letztes Mal aus dem Fenster sehe. Er verschwindet im dichten Dschungel, während meine kleine Welt zusammenbricht.

KAPITEL 8

Meine Brust schmerzt. Es fiel mir schwer, sie zu verlassen, aber es gab keine Alternativen. Ein paar der Jäger trafen mich auf dem Plateau, wo das Shuttle auf mich wartete. Der Abschied erfolgte schnell und schmerzlos.

Nun habe ich meinen Planeten Yerxes Prime verlassen und das himmlische Metall bringt mich zu den auf den Tafeln eingravierten Koordinaten. Das Schiff lässt sich großartig fliegen und ist sogar viel fortschrittlicher als unseres. Um meine Koordinaten schneller zu erreichen, initiiere ich einen Impulssprung und liege für kurze Zeit im Bereich der Überlichtgeschwindigkeit.

Plötzlich entsteht ein Riss im Universum, in den ich hineingezogen werde. Glitzerndes Licht blendet mich trotz Vollvisier. Das große Schiff dröhnt ohrenbetäubend, als ich an dem hellen Licht vorbeifliege und auf der anderen Seite des Spalts herauskomme.

Ich erstarre, als Trümmer an mir vorbeirasen. Wo zum Teufel kamen sie so schnell her? »Aktiviere den Schutzschild!«, befehle ich dem Computer.

»Schutzschild aktiviert!«, kommt es umgehend zurück. Kleinere Felsbrocken prallen auf den Schild, zersplittern jedoch aufgrund der schieren Energie, die um das Schiff herumströmt.

Der Spalt hinter mir schließt sich und ich habe ein ungutes Gefühl. Bis zu den eingegebenen Koordinaten ist es nicht mehr weit und nachdem ich das Trümmerfeld mit den Steinen passiert habe, sehe ich ein Dreieck aus einem mir unbekannten Metall. Und ich kann durch dieses Dreieck auf einen Planeten sehen, der in Wolken eingebettet ist. Was zum Teufel ist das? Aber genau das habe ich gesucht! Dieses Dreieck scheint ein Tor zu sein ... Das Tor, das das himmlische Metall öffnen wird ..., schießt es mir durch den Kopf. Mein Schiff beginnt, Blitze zwischen dem Triangel-Gate und seinem Rumpf auszusenden. Die Blitze machen mein Schiff bewegungsunfähig und ziehen mich durch das »Tor« in eine andere Welt ... ein anderes Universum? Der Übergang ist holprig, das Schiff vibriert unter kräftigem Dröhnen und elektrisches Surren übertönt die Vibrationen. Ich knie fast nieder, das Geräusch ist unerträglich. Und doch versuche ich verzweifelt, die Kontrolle zu übernehmen. Erfolglos!

Erst als ich den Durchgang passiert habe, erlange ich die Kontrolle wieder. Die Vibrationen und das Surren hören auf und ich nehme Kurs auf den unbekannten Planeten. Bei entsprechendem Landewinkel durchbreche ich die Atmosphäre und verringere die Geschwindigkeit des Schiffes. Da ich nicht die leiseste Ahnung habe, wo und wonach ich suchen soll, scanne ich den Planeten ab. Und ich werde stillschweigend Zeuge einer Katastrophe, die hier passiert sein muss. Alles liegt in Schutt und Asche. Trümmer ehemaliger Städte steigen in die Luft. Überall liegen Leichen einer mir unbekannten Art. Ist es das, was uns erwartet? Passiert uns dasselbe, was mit diesem Planeten, dieser Rasse geschehen ist? Der Anblick schockiert sogar mich ... Sie wurden ermordet und ihr Planet ist zerstört. Ich frage mich nur, wer die Macht hat, den gesamten Planeten zu verwüsten.

Als ich jedoch ein unbekanntes riesiges, ovales Artefakt sehe, das aus der Erde ragt, gehe ich zur Landung über.

Ich lande das himmlische Metall auf einem Plateau. Mit meiner Ausrüstung gehe ich zur Laderampe, entsperre sie und sie fährt automatisch herunter. Ich ziehe sofort die Plasmawaffe und lade sie auf, als ich den Dschungel betrete. Vor mir erhebt sich das 164 Fuß[28] hohe Artefakt. Es ist weiß und aus der Nähe betrachtet glänzen die feinen Schuppen, mit denen es bedeckt ist, in Regenbogen Farben. Vorsichtig nähere ich mich dem Ding, aber es scheint aufgegeben worden zu sein. Die Stille um mich herum spricht ihre eigene Sprache. Es gibt kein Leben mehr auf diesem Planeten. Ich gehe um das Artefakt herum und suche nach einem möglichen Eingang. Die schuppige Struktur spielt wie ein geschliffener Diamant im Licht. Als ich an einer Mulde vorbeigehe, öffnet sich das Objekt plötzlich von selbst. Es reagiert wahrscheinlich auf Bewegungen, oder ich wurde erwartet.

Mit dem Blaster voraus, betrete ich das Artefakt. Im Inneren ist alles aus glatt fließendem Edelstein gefertigt. Durch einen Flur gelange ich in einen der vielen Räume. Mir stehen die Haare zu Berge, als ich mir die Wand genau ansehe. Darin befinden sich unzählige Exemplare besonders gefährlichen Arten in Kapseln gefangen. Sie befinden sich in einer Art Kryostase. Was zum Teufel ist das? Es gibt weder Bedienfelder noch andere Steuerungsmöglichkeiten. Selbst wenn es sie gäbe, wären die gefährlichen

[28] 50 Meter

Kreaturen im Kryoschlaf sicher verwahrt. Sie dürfen niemals freigelassen werden. Haben sie die Bewohner dieses Planeten ausgelöscht? Sind das ihre Zerstörer? Und warten sie darauf, auf einen anderen Planeten gebracht zu werden, um ihn in die Dunkelheit zu stürzen?

Ich setze meinen Weg fort. In einem anderen Raum werden ebenfalls verschiedene Arten in Kryostase gehalten. Unter jeder Art steht entweder Halqu[29] oder Wardu[30]. Vergeblich suche ich nach dem Gewinner oder dem Sieger, sie sind nicht aufgeführt. Und in großen Buchstaben über die gesamte Breite der Wand steht geschrieben: ELI BALTUTI IMA'IDU MITUTI[31]. Das haut mich um. Wer auch immer sie sind, sie haben nur ein Ziel: zerstören, auslöschen, töten! Vielleicht werde ich hier unsere Rettung nicht finden.

Ich bewege mich durch weitere Räume und langsam keimt in mir ein Verdacht. Wir wurden nicht geschaffen, um zu herrschen, sondern um gejagt zu werden. Wer auch immer unsere Schöpfer sind, sie sind kaltblütige Monster, die einen Superkrieger erschaffen wollen. Hunderte Rassen wurden

---

[29] Verloren/Sumerisch

[30] Sklave/Sumerisch

[31] Die Toten werden zahlreicher sein als die Lebenden/Sumerisch

ausgelöscht. Und wir sind als nächstes dran. Unbeirrt erkunde ich das riesige Raumschiff weiter und suche nach Hinweisen, Aufzeichnungen, Schriften, Tafeln, oder ähnlichen, aber meine Suche ist vergebens. Das ganze Raumschiff ist steril, hier drin gibt es nichts außer der Spezies, die in der Kryostase schlafen.

Im Nebenzimmer stolpere ich über einen Körper. Der Außerirdische trägt ein Gewand aus edlen Stoffen. Sein Gesicht ist bedeckt, er scheint zu atmen, wenn auch schwach. Ich ziele mit der Waffe auf seinen Kopf. »Wer bist du und was ist hier passiert?«, möchte ich wissen. Er hüllt sich in Schweigen und hört dann auf zu atmen. Meine einzige Chance etwas herauszufinden, ist mit seinem letzten Atemzug verschwunden.

In den folgenden Räumen finde ich weitere Leichen. Sie scheinen erst vor Kurzem am Leben gewesen zu sein. Dann wird ihr Mörder wahrscheinlich auf freiem Fuß sein. Meine einzige Möglichkeit besteht darin, ihn zu fangen und nach Yerxes Prime zu bringen, um ihn zu studieren. Denn wenn es uns gelingt, seine Schwachstellen herauszufinden, könnten wir sie besiegen.

Mit der Rake bewaffnet verlasse ich das Artefakt, mit dem Gefühl versagt zu haben. Dieses Reisen-Raumschiff hat mir nichts gebracht. Ich sah die verheerende Zerstörung, die eine Rasse über andere

Arten brachte und ihre Superkrieger und sowie ihre Beute konserviert. Einhundert besiegte Aliens, die im ewigen Schlaf ihre Sammlung füllen. Den Rest haben sie ausgelöscht.

Im Dschungel bewege ich mich im Stealth-Modus von Baum zu Baum. Schnell, leise und unsichtbar. Mein Bio-Helm nimmt über die Biosensoren die Wärme und kleinste Erschütterungen auf, sodass ich schnell ein Vieh aufspüre. Ich springe vom Baum direkt vor das 10 Fuß[32] große, käferähnliche Tier. Ohne lange nachzudenken, benutze ich die Rake. Die Haken durchbohren das Fleisch des Viehs und der elektrische Impuls betäubt das Tier. Jetzt muss ich das Schiff erreichen, um diese Kreatur an Bord zu bringen. Damit es jedoch zwischendurch nicht verschwindet, schieße ich ein Stromnetz über das Wesen. Dadurch bleibt es ständig unter Kontrolle. Solche Tiere sind uns unbekannt. Aber wie können sie eine solche Zerstörung herbeiführen? Ich glaube, dass dies nur ein Teil des Ganzen ist und mir das volle Ausmaß der Katastrophe nicht bewusst ist.

Sicherheitshalber bewege ich mich über dem Boden. Möglicherweise gibt es hier draußen noch mehr dieser Tiere. Aber eines weiß ich mit Sicherheit: Sie stammen aus dem Artefakt, weil auf dem

---

[32] 3 Meter

Planeten nichts anderes überlebt hat. Es muss entkommen sein.

Nachdem ich mein Raumschiff erreicht habe, bringe ich es an die Stelle, an der ich den Käfer zurückgelassen hatte. Das Tier ist noch sediert, also hole ich es in den Frachtraum.

Solange es betäubt ist, stecke ich das Tier in einen Käfig und sperre es an. Mir gehen ständig viele Dinge durch den Kopf. Ich frage mich, ob wir eine solche Invasion gewinnen oder überhaupt überleben können. Wie kann ich meine Frau beschützen, wenn das Ausmaß der Katastrophe, die sich hier ereignete, für alles Leben tödlich war?

Nachdem ich den Frachtraum abgeschlossen habe, eile ich zum Cockpit. Ich stehe in der Mitte auf der Brücke und strecke meine Arme seitlich aus. Um mich herum bildet sich eine Holoblase und ich gebe die Koordinaten meiner Galaxie, meines Sonnensystems und meines Planeten ein. Aber ich habe das Gefühl, zurückzugehen, ohne etwas erreicht zu haben. Ich muss etwas tun, bevor ich diesen Planeten verlasse.

Bevor ich zurück nach Yerxes Prime fliege, beschließe ich, mich noch einmal umzusehen. Ich scanne die Bereiche, die ich überfliege, ab. Auf der Nordhalbkugel nehme ich ein Flackern wahr. Von oben entdecke ich ein riesiges Objekt – eine

Pyramide. Ich nähere mich ihr und lande mein Shuttle auf einer der massiven Stufen. Die Pyramide ragt in den Himmel und wird von mir unbekannten Pflanzen völlig überwuchert. Ich habe keine Ahnung, wie groß sie ist. Die, von den Pflanzen nicht eingenommenen Stellen spiegeln ihre Umgebung wider, sodass sie aus bestimmten Blickwinkeln mit der Landschaft verschmelzen.

Als ich die Pyramide erreiche, klettere ich an den Pflanzen hinauf. Ich benutze meine Harpune und lasse mich Stück für Stück hochziehen. Dieses Monument scheint uralt zu sein. Was ist das für ein Bauwerk? Ich habe nichts dergleichen gesehen, dabei habe ich viele Planeten besucht, um zu jagen, hatte aber noch nie eine solche Entdeckung gemacht. Statt das Rätsel zu lösen, tauchen immer wieder neue Fragen auf. Ich werde definitiv nicht schlauer, wenn ich nur herumklettere. Dennoch erkunde ich das riesige Gebäude. Ich brauche eine Stunde, um die Pyramide vollständig zu erklimmen.

Als ich oben ankomme, sehe ich ein riesiges Loch im Inneren der Pyramide. Mit meiner Harpune springe ich in die Dunkelheit. Im freien Fall schieße ich den Haken in die Wand und lasse mich abseilen. Es geht tief nach unten und ich lande auf der ersten Zwischenebene. Es sieht so aus, als wäre hier die Heimat einer hochentwickelten Kultur gewesen, bis

... etwas passierte und sie entweder fliehen oder sterben mussten.

Überall sind plötzlich seltsame Geräusche zu hören. Ein Zischen fegt mit der leichten Brise über die Blätter der Reben. Scheinbar nichts Wildes. Und doch stimmt hier etwas ganz und gar nicht. Meine Füße laufen auf den Ranken, denn auch das Innere ist völlig von den Pflanzen überwuchert. Mein Bio-Helm scannt die Gegend nach möglichen Kreaturen ab. Bisher wurden jedoch keine identifiziert.

Ich schaue mich auf der zweiten Ebene um. Hier sind verschiedene Räume untergebracht, unter anderem eine Art Labor? Wurden hier Experimente durchgeführt? Waren es unsere Schöpfer? Irgendetwas muss schiefgelaufen sein. Ich schaue mich um und entdecke zahlreiche Lösungen, in den Gläsern konservierte Embryonen und Dinge, die mir nichts sagen. Das Ganze ist sehr widerlich. Wut brennt in meiner Brust. Wegen diesem Abschaum müssen meine Brüder und ich leiden. Wir hatten nie etwas anderes als Überleben und Jagen gekannt, bis die irdischen Frauen auftauchten. Und ihretwegen musste ich meine Frau verlassen. Die Schöpfer haben uns eines normalen Lebens, der Gefühle und der Normalität beraubt ... Wenn ich könnte, hätte ich sie mit meinen eigenen Händen getötet.

Während ich weitergehe, erreicht mich ein mitleiderregendes Heulen. Ich renne auf den Lärm zu und bleibe stehen, als ich eine angekettete Kreatur entdecke. Ich kann nicht sagen, um welches Wesen es sich handelt, da von ihm nicht mehr viel übrig ist. Mir wird klar, dass diese verfluchten Schlingpflanzen Fleischfresser sind. Denn sie schlingen sich um das abgemagerte Tier und rammen ihre Ranken tief in seinen Körper. Es blutet überall und ich erlöse die Kreatur mit meinem Laserblaster. Scheiße, überall, wo ich hinschaue, sind diese verdammten Pflanzen. Der gesamte Boden ist komplett mit Grün bewachsen. Ich muss mich teilweise durchkämpfen, um weiterzukommen. Am Rand der Pyramide verlaufen unendlich lange Treppen und die dritte Zwischenebene besteht komplett aus Glas. Auch der Boden, sodass ich nach unten schauen kann. Es ist verdammt tief. Und... der ganze Boden ist mit Skeletten bedeckt. Was zur Hölle?

Als ein stechender Schmerz in meiner Wade aufflammt, springe ich zur Seite. Mist! Eine der Ranken hat sich zwischen den Rüstungsplatten in mein Fleisch eingegraben. Ich ziehe die Machete heraus und zerhacke das verdammte Ding, aber es steckt immer noch in meinem Bein. Ich greife danach und ziehe die Rebe heraus. Und als die anderen

Ranken versuchen, mich zu packen, weiß ich, es ist Zeit zu gehen!

Ich zerhacke alles, was mir in den Weg kommt, während ich mit meiner freien Hand nach meiner Harpunenwaffe greife. Das Blut läuft mir in den Stiefel. Scheiße, diese verdammte Ranke hat mich ganz schön erwischt. Vor Schmerz verzerrt, schieße ich die Harpune in die Wand und lasse mich automatisch hochziehen. Die wilde grüne Masse erhebt sich hinter mir aus der Pyramide. Der längst vergangene Glanz dieser Zivilisation gerät unter dem Grün in Vergessenheit. Aber die fleischfressenden Pflanzen haben es nun auf mich abgesehen. Wütend nehme ich den Flammenwerfer und ziele mit den Flammen auf die Ranken unter mir. Sie ziehen sich sofort zurück und ich schaffe es, ihnen zu entkommen.

Oben angekommen, renne ich die Treppen zu meinem Shuttle hinunter. Genug der Abenteuer, ich werde diesen schrecklichen Ort sofort verlassen. Und ich habe alles versucht, um die Antwort zu finden, die uns retten sollte. Aber alles, was ich fand, war der Tod. Ich habe erneut versagt. Enttäuscht gebe ich auf und möchte einfach nur noch zurück zu meiner Frau auf Yerxes Prime. Ich sehne mich nach ihrem kleinen Körper und möchte sie beschützen. Ich möchte ihr alles geben, was sie braucht.

Und auch die Räuber, die ich in- und auswendig kenne, meine Beute, vermisse ich. Und schließlich das Jagen. Es kam mir wie eine kleine Ewigkeit vor, als ich auf dem grünen Boden von Yerxes Prime lief und mit meiner Frau Liebe machte ...

Ich humpele zum Schiff und gehe die Rampe hinauf in den sicheren Innenraum. Sogleich kontrolliere ich kurz den Laderaum, das Tier ist noch in seinem Käfig und ist zu sich gekommen. Um Komplikationen zu vermeiden, betäube ich es noch einmal mit meiner Rake. Und während die Rampe hochfährt, humpele ich ins Cockpit. Ich verbinde meine blutende Wunde mit dem Hightech-Verband, der sich meinem Körper anpasst und den richtigen Druck ausübt, um die Blutung zu stoppen. Zumindest habe ich diese eine Kreatur an Bord.

Ich hülle mich in die Holo-Blase und verlasse den zerstörten Planeten.

KAPITEL 9

EIN MONAT SPÄTER

Ich wische mir die Tränen weg, während ich das letzte Stück Fleisch in mundgerechte Stücke schneide und sie auf den kleinen Grill lege, den Jaxx für mich gebaut hat. Jeder Tag ohne ihn brach mir mehr und mehr das Herz. Jaxx hat sich kein einziges Mal bei mir gemeldet. Ich habe es sogar selbst versucht, aber er war nicht verfügbar. Ein Monat ist vergangen, seit er zu der neuen Mission aufgebrochen ist, und er ist immer noch nicht zurückgekehrt. Ihm muss etwas zugestoßen sein, es kann nicht anders sein. Er versprach, zu mir zurückzukommen und tat es nicht. Und auch wenn ich fast keine Hoffnung habe, ihn jemals wiederzusehen, muss ich irgendwie überleben.

Nachdem das Fleisch fertig gegrillt ist, esse ich einen Teil davon und hebe den Rest für heute Abend auf. Dann wars das und ich habe nichts mehr zu essen. Seufzend gehe ich an die Tagesordnung über. Ich verbringe den Tag wie immer damit, auf meinen geliebten Mann zu warten. Mein Herz klopft in meiner Brust, wenn ich an ihn und unsere gemeinsame Zeit zurückdenke. Und die Trauer überkommt mich, während ich stundenlang am Fenster stehe und hoffe, dass er direkt zum Aufzug läuft.

Um meine Trauer und Zeit zu vertreiben, räume ich auf, wasche meine Wäsche und hänge sie auf dem Dachboden auf. Von hier aus kann ich dank des Glasdachs weit über den Dschungel blicken. Aber nichts deutet darauf hin, dass mein Mann zurückkommen würde.

Niedergeschlagen steige ich die Treppe zur Wohnung hinunter. Um nicht unnötig zu weinen, lege ich mich ins Bett. Hier duftet alles nach seinem maskulin-herben Duft. Ich umarme sein Kissen und kann die Tränen nicht zurückhalten. Wie so oft weine ich mich in den Schlaf.

***

Am nächsten Morgen wache ich auf und bin am Boden zerstört. Meine Kehle brennt und mein Herz tut weh. Ich habe den halben Tag und die ganze

Nacht durchgeschlafen und wurde von Albträumen geplagt. Der Schweiß steht mir immer noch auf der Stirn. Jetzt habe ich richtig Hunger. Ich stehe wie benommen auf und mache mich frisch, um wirklich aufzuwachen. Dann hole ich mir die letzte Essensration und erhitze sie über dem Grill. Auch wenn ich keinen Bissen runterbekomme, versuche ich, alles aufzuessen. Ich weiß, dass ich bald etwas tun muss, um zu überleben. Mittlerweile habe ich die Fleischvorräte komplett aufgebraucht und bin verzweifelt. Ich kann nicht auf die Jagd gehen und möchte nicht verhungern. Vielleicht wächst hier Obst? Jaxx sagte, dass es hier so etwas gäbe. Und plötzlich denke ich an Keno und seine Frau. Sie bauen Weizen an, erzählte mir Jaxx, und ich weiß, dass er irgendwo hier auf den Felsen leben muss. Die Predator sind nicht weit voneinander entfernt. Aber ich kann nicht von Haus zu Haus gehen und nach ihnen fragen. Also verwerfe ich diese Idee.

Ich versuche meinen Alltag wie jeden anderen Tag bisher zu meistern. Jaxx fehlt mir wahnsinnig, deshalb kreisen fast alle Gedanken nur um ihn. Ich frage mich, ob ich es hätte verhindern können. Wenn ich ihn aufgehalten hätte, wäre er jetzt bei mir. Vielleicht sollte ich aufhören, mir selbst die Schuld zu geben. Oder den Glauben nicht verlieren, aber nach einem Monat des Wartens fällt mir das sehr schwer.

Zumindest hatte ich die ganze Zeit etwas zu essen. Aber jetzt sieht es ganz anders aus. Entweder werde ich verhungern, oder ich versuche, etwas Essbares zu finden. Oder ich rufe Nan an... ehrlich gesagt, habe ich Angst vor ihm. Mein Mann machte Andeutungen, die mir nicht gefielen. Ich hatte bereits Körperkontakt mit ihm, als er mich trug. Und ich glaube, Nan zeigte Interesse an mir. Er kam ein paar Mal hierher und es gefiel mir nicht, wie er mich ansah. Ja, deshalb habe ich jeden Kontakt mit ihm bewusst vermieden. Obwohl ich die meiste Zeit allein verbrachte, war mir das lieber als die Gesellschaft eines anderen Mannes.

Um keine Zeit mehr zu verlieren, ziehe ich meine langen Klamotten und die Halbmaske an. Mit der Tasche in der Hand stapfe ich in den Aufzug und fahre nach unten. Es ist später Nachmittag, als ich den Boden von Yerxes Prime betrete. Diesmal habe ich sogar an eine Waffe gedacht und sie mitgenommen. Ich schaue sie mir an, während ich in den Dschungel gehe. Da ich nicht die geringste Ahnung habe, wie diese Waffe funktioniert, drücke ich auf die sichtbaren Einkerbungen. Und dann fällt ein Schuss. Ich zucke zusammen, weil der Rückstoß stärker war als erwartet. Der Laserstrahl schoss mit wahnsinniger Geschwindigkeit und durchschnitt mehrere Bäume, als wären sie Streichhölzer.

Sie fallen krachend zu Boden. Lautes Knacken lässt den Wald verstummen und Dutzende geflügelter Tiere fliegen in alle Richtungen.

Verdammt! So sollte es nicht sein. Möglicherweise habe ich durch diese Aktion die Aufmerksamkeit der Raubtiere auf mich gelenkt. Meine Idee, das Essen selbst zu beschaffen, erscheint mir im Moment albern. Erstens weiß ich nicht, wie die Früchte aussehen, die ich essen darf und zweitens hilft mir auch die Waffe nicht, wenn ich angegriffen werde. Dennoch dringe ich immer tiefer in den Dschungel vor und langsam schmerzen meine Füße. Ich könnte sowieso die ganze Zeit schlafen und von ihm träumen …

Als ich ein Zischen im Gebüsch höre, bin ich hellwach und im Kampfmodus. Ich ziele mit der Waffe in die Richtung und bin unschlüssig, ob ich schießen soll. Und dann, als ein riesiges Tier aus dem Busch springt, werde ich zur Seite gerissen. Ich lande sanft in einer Umarmung und meine Finger graben sich in dunkle Kleidung. Mein Herz hämmert vor Angst in meiner Brust. Was war das für ein Monster? Alles ging so schnell, dass ich nicht weiß, wie mir geschieht. Die Angst lähmt mich buchstäblich und ich kann mich nicht bewegen. Ich spüre nur einen warmen Körper an mir und weiß, dass ich gerettet wurde. Dass ich in den Armen eines Predators bin, ist hundertprozentig sicher.

Und ich hoffe wirklich, dass es Jaxx ist. Mein Herz flattert umso nervöser, als ich zu ihm aufschaue. Seine strahlend blauen Augen prüfen mich, bevor er sich mit mir umdreht, während eine mächtige Klaue auf uns zuschlägt und ein Stück Humus aus dem Boden reißt.

Es ist Nan, der von seinem Rücken auf die Füße springt. Er zieht sofort seine Waffe und schießt auf die Riesenschlange. Das sechsbeinige Reptil fällt zu Boden. Es zischt und schlägt in alle Richtungen und gleichzeitig taucht wie aus dem Nichts ein zweiter Tar vor mir auf. Nan schießt, verfehlt das Vieh, es ist schnell und wendig. Auf den letzten Metern springt er über mich und schützt mich mit seinem Körper. Ich schaue ihm in die Augen. Er ist furchtlos und zuckt nicht einmal zusammen, als der Tar ihn in den Rücken beißt. Mir wird wirklich schlecht. »Nan«, rufe ich und er wird von mir weggerissen. In diesem Moment steht die Zeit still. Es ist unser Ende!

Doch dann fällt Nan neben mich und das Monster schüttelt den Rucksack, den er trug. Aber es merkt schnell, was los ist und während Nan eine weitere Waffe aus einem seiner Holster zieht, springt das Tier auf uns zu. Ich schließe meine Augen, als Nan mich packt, mich schützend an seine Brust drückt und die

Waffe aktiviert. Das elektrische Summen dringt in mein Ohr ein, und die Klauen des Biests blitzen vor meinen Augen auf, als etwas Ungeheuerliches von der Seite hereinstürmt und den Tar am Hals packt. Es ist orange und kommt mir sehr bekannt vor. Er macht kurzen Prozess mit dem Reptil und beißt ihm den Kopf ab, den es sofort verschlingt. Als es uns danach erreicht, zielt Nan auf das Tier. Ich greife nach seinem Arm. »Nein, nicht! Er ist mein Freund! Töte ihn nicht!«, flehe ich und Nan senkt die Waffe.

»Wie kann ein Brax dein Freund sein?«

»Brax?« Ist das der Name dieses Tieres? »Weil ich es damals gerettet habe.«

»Du bist eine Bestienbändigerin! Meinetwegen soll die Mecha-Bestie am Leben bleiben.«

»Danke«, erwidere ich und das Tier leckt mich ab. Ich kichere, weil seine Zunge rau ist ... Es ist ein bisschen wie bei den Katzen, nur viel größer.

»Aber jetzt sag mir, warum du alleine in den Dschungel gehst?!«, fragt Nan und steht auf. Er hilft mir auf die Beine.

»Mir ist das Essen ausgegangen«, sage ich leise, während Nan meine Schultern packt. Er schaut auf mich herab und mein Nacken schmerzt, weil ich meinen Kopf so weit nach hinten neigen muss, um in sein Gesicht sehen zu können.

»Wofür hast du den Kommunikator? Und warum bin ich hier? Jaxx hat mir aufgetragen, auf dich aufzupassen ...« Er hält kurz inne. »Da es einen Monat her ist und er nicht zurück ist, stehst du von nun an unter meinem Schutz. Und darüber hinaus wirst du mit mir zusammenleben!«

»Nein, Jaxx kommt zurück!«

»Das hoffe ich auch. Aber ein Monat ist vergangen und es ist sehr unwahrscheinlich, dass er die Operation überlebt hat.«

Ich breche in Tränen aus und Nan zieht mich in seine Arme. Das Mecha-Biest jault und drückt mir seine feuchte Nase an meinen Hals. Sein warmer Atem umhüllt mich wie ein Morgentau.

»Trockne deine Tränen, wir müssen gehen.« Auf seine Worte hin legt sich das Tier auf den Boden und macht sich flach.

»Er möchte, dass wir auf ihm reiten«, sagt Nan und lässt mich los.

»Kann ich nicht nach Hause zu Jaxx gehen?«

»Nein. Ich werde mein Wort halten.«

Plötzlich wird mir schlecht und ich erbreche in hohem Bogen. Der Schwindel plagt mich auch unerwartet und Nan stützt mich.

»Du erwartest ein Kind«, sagt er. »Du kannst nicht alleine in dieser Welt überleben und ich werde auf dich und das Baby aufpassen!«, sagt er und meine Welt zerfällt zu Asche.

»Schwanger?« Ja, mein Bauch ist etwas runder geworden, aber an eine Schwangerschaft habe ich nicht gedacht, weil Jaxx und ich zu kurz zusammen waren.

»Ja, du bist schwanger.« Nan hilft mir auf das Mecha-Beast und klettert hinter mir hoch. Er hält mich mit einem Arm und mit dem anderen greift er nach dem Tier. Der Brax erhebt sich, während Tränen über meine Wangen rollen.

»Also hat mich mein Mann dir überlassen? Als deine Frau?«

»Ja, für den Fall, dass er fällt.« Nan kontrolliert das biomechanische Tier und es rennt schnell durch den Dschungel und bringt uns zu Nans Haus.

Mein Hals ist eng und die Brust wird zerdrückt, als ich weitere bittere Tränen vergieße. Nans Arm hält mich fest in der eisernen Umarmung und die Trauer wird mir präsenter als sonst. Das kann doch nicht wahr sein. Ich soll Nans Frau werden und schwanger von Jaxx sein? Wie soll das funktionieren, wenn ich meinen Mann will und für Nan nichts fühle? Und dann würde das tatsächlich bedeuten, dass Jaxx tot ist.

Als wir sein Haus erreichen, bleibt das Mecha-Biest stehen und kniet nieder. Nan springt ab und hievt mich herunter auf den Boden. Ich schaue nach unten, verlegen, denn er ist so groß und angsteinflößend, fremd für mich. Ich bin sprachlos und nervös. Was wird er jetzt tun? Ich kann und will mich nicht auf ihn einlassen, weil ich Jaxx liebe.

»Hey, sei nicht traurig. Das ist schlecht für dein Baby!«

»Woher weißt du, dass ich schwanger bin?«

»Ich kann es fühlen. Es ist ein starker Junge, wie sein Vater ...« Nans Worte gehen mir unglaublich nahe und bedeuten mir sehr viel. Und gleichzeitig machen sie mir Angst. Wie sollte mein Leben jetzt aussehen? Ich bin noch nicht einmal darauf vorbereitet, schwanger zu werden, und jetzt soll ich Nan als meinen neuen Partner akzeptieren? Andererseits weiß ich, dass ich keine Wahl habe. Allein werde hier nicht überleben. Ich kenne Nan ein wenig, auch wenn er ein Fremder bleibt ... Vorerst ...

Und plötzlich ergreift er meine Hand. Ich zucke zusammen und erzittere unter seiner Berührung.

»Nicht so schüchtern! Hier sind viele Wurzeln im Boden, du darfst nicht stolpern!« Dabei hebt er mich hoch. Nan hat keine Angst vor Berührungen und trägt mich zu seinem Aufzug. Das Mecha-Biest macht sich neben seinem Haus bequem. »Wird das Tier jetzt in unserer Nähe bleiben?«

»Ja, anscheinend hast du eine Bindung zu dem Brax aufgebaut. Normalerweise zerfetzen sie jeden, aber da du es gerettet hast, hat es sich entschieden, bei dir zu bleiben.«

»Verstehe.«

Nan bringt mich im Aufzug zu seiner Wohnung. Diese ist anders aufgebaut als die von Jaxx, aber genauso spartanisch eingerichtet.

Nan trägt mich direkt in die Küche und setzt mich auf einen Stuhl. »Bist du hungrig?«

Ich nicke verlegen.

»Dann warte mal«, sagt er und verschwindet. Ich schaue mich um. Nan hat im Gegensatz zu Jaxx Besteck und mehr Geschirr. Er ist völlig anders als mein Mann im Allgemeinen ... Ich schlucke und versuche, den Kloß in meinem Hals loszuwerden. Ich komme einfach nicht damit klar.

Als Nan zurückkommt, hat er eine Platte mit dem gebratenen Fleisch dabei. Er stellt es vor mir auf den Tisch. »Das Essen ist frisch zubereitet, iss etwas davon«, sagt er und setzt sich mir gegenüber.

»Und du?«

»Ich habe keinen Hunger«, antwortet er und reicht mir das Besteck.

»Wie kommt es, dass du eine Gabel und ein Messer hast?«

»Ich habe es für meine zukünftige Frau gemacht. Aria hat mir erzählt, was ihr auf der Erde braucht.«

»Du hast dich nach solchen Dingen erkundigt?«

»Ja, schließlich möchte ich, dass sich die Frau bei mir wohlfühlt und dass es ihr an nichts fehlt.« Verdammt! Muss er so aufmerksam?

»Darf ich Aria treffen?«

»Natürlich. Ich habe heute sowieso etwas mit Keno geplant. Ich nehme dich mit und lasse dich bei Aria, während ich mich um meine Angelegenheiten kümmere.«

»Danke schön.« Ich probiere das Fleisch. Wie beim ersten Mal ist auch dieses gewürzt und schmeckt so gut. Nan nimmt seine Halbmaske ab und ich sehe ihn zum ersten Mal ohne. Ein gutaussehender Mann, denke ich mir. Sind alle Predator so attraktiv? Und doch ist Jaxx in meinem Herzen. Kann ich überhaupt jemand anderen lieben? Im Moment ist mein Herz zu einem Klumpen Holzkohle verbrannt und zu Asche zerfallen. Ich esse die kleine Portion, die Nan für mich zubereitet hat, auf und nehme die Platte in die Hand. »Wo kann ich es abspülen?«, frage ich unsicher.

»Gib es mir, ich stecke es in den Dampfreiniger. Du musst nichts abwaschen, das macht die Maschine«, sagt er und legt den Teller in eine Kiste.

Er drückt den Einschaltknopf und nach ein paar Sekunden ist der Teller blitzsauber. Nan räumt es in eines der Regale weg.
Und während er in seiner Kammer verschwindet, ruhe ich mich im Wohnbereich aus. Nan ist ein ehrenhafter Mann und gibt mir meine Freiheit. Er belästigt mich nicht und macht auch keine unangemessenen Anspielungen. Er kümmert sich einfach liebevoll um mich und es ist schwer, das zu ignorieren.

Ich muss eingeschlafen sein, denn ich werde von seiner warmen Hand auf meiner Schulter geweckt. Er streichelt weiter meine Haut und als ich meine Augen öffne, hört er auf. »Ich wollte jetzt zu Keno gehen. Möchtest du mitkommen oder lieber weiterschlafen?«

Ich setze mich aufrecht hin. »Ich möchte mit dir kommen«, sage ich schnell und Nan hilft mir beim Aufstehen. Seine Hände berühren sanft meine Haut und ich zucke jedes Mal dabei zusammen. Wir setzen uns unsere Halbmasken auf und verlassen die Wohnung. Den kurzen Weg zum Mecha-Beast trägt mich Nan auf seinen Armen, dann hilft er mir hoch und setzt sich hinter mich. Der Brax steht auf und bringt uns im Handumdrehen zu Aria und Keno. Da der Boden hier nicht ‚gefährlich' ist, hält Nan einfach meine Hand.

Wir betreten die Wohnung von Keno und Aria. Hier ist es deutlich komfortabler eingerichtet. Vermutlich hat sich Aria zur Aufgabe gemacht, die triste Wohnung freundlicher zu gestalten. Ich fühle mich hier sofort wie zu Hause.

»Hey, Nan. Bist du heute nicht allein?«, fragt ihn Keno.

»Stimmt, Aviana wollte mich begleiten«, sagt er und stellt uns einander vor. »Wir sehen uns später«, fügt Nan hinzu und die Männer verlassen sofort die Wohnung mit dem Aufzug.

»Endlich lerne ich dich kennen! Komm, lass uns in den Wohnbereich gehen, sonst wacht das Baby auf.«

»Ihr habt ein Baby?« Das hat mir noch nie jemand gesagt.

»Ja, es ist jetzt ein Monat alt und ist vorhin eingeschlafen.«

»Ach, wie schön.« Ich würde es gern sehen, aber ich äußere mich nicht dazu.

»Es tut mir sehr leid, dass dein Mann immer noch nicht zurück ist.«

»Danke Aria.« Meine Stimmung, die jetzt etwas besser war als im gesamten letzten Monat, dreht ins Negative. Mein Herz zieht sich zusammen und ich muss gegen die aufsteigenden Tränen ankämpfen. »Ich weiß immer nicht, wie ich damit umgehen soll«, sage ich unter Tränen. Aria begleitet mich zu den

Kissen. »Erstmal gar nicht. Das ist völlig normal«, sagt sie. »Aber vielleicht wird es mit der Zeit besser. Nan wird dich zu seiner Frau nehmen …«

»Hat sich das herumgesprochen?«

»Also. Jaxx hat ihn darum gebeten, und einige der Krieger, darunter auch Keno, haben es mitbekommen.«

»Und ich wurde nicht gefragt. Als Jaxx es vorschlug, lehnte ich seinen Vorschlag ab, aber anscheinend ignorierte er meine Bitte völlig.«

»Predator macht keine Vorschläge, er entscheidet. Das musste ich auch lernen. Aber hey, das wird schon. Nan ist wirklich super süß. Ein lieber Kerl. Für einen Predator zwar seltsam, aber so ist er.«

»Ich weiß. Aber ich kann es nicht. Ich kann mich nicht auf ihn einlassen. Ich liebe Jaxx!«

»Oh, Liebes.« Aria umarmt mich und ich weine. »Lass alles raus«, sagt sie und gibt mir den Trost, den ich so dringend brauche.

Nachdem ich mich beruhigt habe, bringt uns Aria ein leckeres Getränk. »Was ist das?«, frage ich begeistert.

»Ein Saft aus mehreren Früchten.«

»Das ist so lecker!« Vor allem, da ich seit einem Monat nur Wasser trinke. »Kannst du mir vielleicht verraten, woher ihr die Früchte habt? Weil es nur

Fleisch zu essen gibt … Es kommt mir schon aus den Ohren.«

»Klar, natürlich. Wenn Keno und Nan zurückkommen, können wir zusammen dorthin gehen.«

»Wenn das in Ordnung ist. Gerne. Und danke.«

»Wofür? Ich bin so froh, dass du hier bist. Ich habe die weibliche Gesellschaft so sehr vermisst!«

»Und ich bin so froh, dass ich nicht die einzige Frau hier bin.«

»Wie hat Jaxx dich überhaupt bekommen? Hat er dich entführt? So wie mich mein Mann?«

»Er hat mich gerettet, als zwei Typen mich vergewaltigen wollten.« Ich halte inne, weil ich mich daran erinnere, was Jaxx mir erzählt hat, und ich Aria nicht triggern will.«

»Oh, Gott! Es tut mir leid. Also hat er dich gerettet?«

»Ja, und ich dachte, er wäre ein Darsteller bei Burning Man … Und sein Raumschiff die Kulisse!« Ich lächle sanft, wenn ich über Jaxx spreche.

»Nicht dein Ernst! Wie geil!« Aria lacht.

»Oh doch! Aber es kommt noch schlimmer. Ich dachte, sie würden einen neuen Predator-Film machen und er bestätigte, dass er der Predator sei …«

Aria kann nicht anders als zu lachen.

»Ich dachte, dass er sich für Rollenspiele interessiert. Wir haben es so weit getrieben, dass ich gesagt habe, dass ich bei ihm bleiben würde, wenn er mich mitnehmen und es mir auf seinem Planeten gefallen würde. Ich weiß nicht, was mich geritten hat, obwohl ich den leisen Verdacht hatte, dass er wirklich ein Außerirdischer sein könnte … Aber ich sah ihn als den Mann meiner Träume.«

Arias Lächeln verblasst und sie blinzelt ihre Tränen weg. »Oh, mein Gott. Das ist so rührend. Es tut mir wirklich leid!«

»Es war eine Vorsehung. Es kann nicht sein, dass unsere Beziehung vorbei ist, bevor sie richtig beginnen konnte. Nan ist ein netter Kerl, ja, aber ich kann ihm mein Herz nicht öffnen, weil ich immer noch hoffe, dass Jaxx zu mir zurückkommt.«

»Ich wünsche es dir von ganzem Herzen.«

»Danke.«

Wir reden stundenlang, bis es dunkel wird. Ich lerne Aria kennen und wir verstehen uns sehr gut. »Ich denke, das mit Obst … wird heute nicht funktionieren.«

»Wo sind die Männer geblieben?«

»Sie wollten mit den Animal Predator reden … über die Allianz. Übrigens schon zum zweiten Mal …«

»Ich glaube, ich habe alles verpasst.«

»Es tut mir leid, dass ich dich nicht besuchen kam. Keno hielt es für unangemessen, ohne die Erlaubnis deines Mannes bei euch zu Hause aufzutauchen.«

»Es ist nicht so schlimm, ich habe es überstanden.« Nan war ein paar Mal bei mir, um zu überprüfen, ob alles gut lief. Sicher tat er das, er hatte die Erlaubnis von Jaxx. Ticken die Predator so?

Jetzt wacht das kleine Baby auf und auch ich darf es kennenlernen. Es ist ein wirklich süßes Baby. So niedlich, dass mir das Herz aufgeht. »Er wird ein Herzensbrecher«, sage ich und lächle immer mehr.

»Oh, ja, aber es ist noch viel Zeit bis dahin!«, sagt Aria.

»Ja. Er sollte seine Kindheit genießen und zu einem starken Jäger heranwachsen.« Große, blaue Augen schauen mich an. Der Kleine hat schwarze Haare und kleine Kiemen am Hals sowie eine, feine Linie an den Mundwinkeln, wie sein Papa. »Er ist wirklich süß«, sage ich begeistert. Aria schaut auf meinen Bauch, den man durch mein Hemd hindurch leicht hervorwölben sieht. Das ist nur ganz leicht angedeutet, aber angesichts meiner schlanken Statur sehr auffällig.

»Erwartest du ein Baby?«

»Ja, und sein Vater … ich weiß nicht einmal, wo er ist …« Meine Brust ist eng und ich kann plötzlich nicht mehr atmen.

»Bist du okay?«, kommt es vom Flur.

»Ja, die verdammten Wichser haben mich nicht schlecht erwischt!« Es ist Nans Stimme und Angst durchfährt mich. Ich schieße nervös hoch. Wurde er verletzt? Besorgt renne ich in den Flur. Nans Kleidung ist blutgetränkt.

»Was ist passiert?«, möchte ich wissen.

»Die Animal Predator haben Nein gesagt!«, sagt Nan. »Es ist ihre Art, es zu tun…«

»Du wurdest verletzt?«, frage ich.

»Ja.«

»Wie schlimm ist die Wunde? Du musst behandelt werden!«

»Die Wunde ist verbunden, aber er braucht jetzt Ruhe«, mischt sich Keno ins Gespräch. Ich hebe seine zerfetzten Kleider leicht an und sehe einen blutigen Verband. Mein Herz zieht sich zusammen. Das tat sicher weh.

»Wir müssen nach Hause, ich habe dort den Gentex[33].«

Keno schleppt Nan ins Wohnzimmer und holt einen Koffer. »Das Zeug habe ich auch!«, sagt er und schiebt Nans Kleidung hoch. Ich helfe beim Verband abwickeln. Keno injiziert das flüssige Gewebe in die drei tiefen Wunden. Nan reißt sich die Maske runter

---

[33] Flüssige, mit Stammzellen angereicherte Haut.

und saugt zischend die Luft ein. Er tut mir so leid, dass ich unbewusst nach seiner Hand greife. Nan schaut zu mir auf und auf seinen Lippen liegt ein leichtes Lächeln. Wie kann er in einer solchen Situation lächeln?

»Er braucht jetzt Ruhe«, sagt Keno. »Ihr könnt hier schlafen!«, fährt er fort und zieht ein Bett aus der Wand aus, das zugegebenermaßen schmal ist. Ich schreie innerlich ... Ich soll mit ihm schlafen? Mein Inneres läuft Amok.

»Danke, aber wir gehen nach Hause«, kommt es von Nan.

»Du bleibst! Du darfst dich nicht viel bewegen!«, sagt Keno.

»Du Bastard!«, grummelt Nan. »Na, gut, du gibst sowieso nicht nach.«

»Richtig. Also macht es euch hier gemütlich.«

»Bis morgen«, sagt Aria, als die drei den Raum verlassen. Wir erwidern.

»Was ist passiert?«, möchte ich wissen. Ich greife nach dem Verband, reiße ein sauberes Stück ab und tupfe Nan den Schweiß von der Stirn.

»Ich habe versucht, die Animal Predator dazu zu bringen, eine Allianz mit uns einzugehen. Sie lehnten ab und das Ergebnis siehst du auf meinem Bauch.«

»Nan, es tut mir so leid … Tut es weh?«

»Nicht, wenn du meine Hand hältst…«

Ich erröte. »Nan…« Er macht es mir schwer... wirklich schwer.

»Du solltest ins Bett gehen, damit es schneller heilt«, lenke ich ab.

Er nickt mir zu und ich begleite ihn die zwei Schritte zum Gästebett. Als er darin Platz findet, möchte ich es mir auf der Couch gemütlich machen, doch er packt mich am Handgelenk und zieht mich an seine Brust.

»Nan, du bist verletzt!«, rufe ich.

»Bitte bleib bei mir, ich brauche dich jetzt…« Seine großen, schweren Arme umarmen mich warm. Ich spüre ihn an meinem Körper und Tränen rollen mir über die Wangen. Ich vermisse Jaxx und es fühlt sich so gut an, mit Nan zusammen zu sein. Nan streichelt sanft meinen Rücken. »Tsss… Alles wird gut«, sagt er und ich lasse alles raus. Meine Finger graben sich in seine Kleidung, während ich meinen Kopf auf seine Brust lege. Ist das jetzt mein neues Leben, an der Seite dieses Mannes?

KAPITEL 10

AM NÄCHSTEN MORGEN

Ich möchte nicht aufwachen... Ich möchte nur in seinen Armen sein. Es fühlt sich so gut, ich kann wieder atmen und möchte... leben! Seine Hand streichelt sanft meinen Rücken und ich zittere. »Jaxx…«, flüstere ich aus dem Traum und das Streicheln hört auf. Ich seufze und sehne mich nach seiner Hand. »Hör nicht auf«, flüstere ich und seine Hand streicht wieder über meine Haut. Ich schmiege mich an seine breite Brust und bin einfach glücklich.

Aber spätestens beim Duft des gebratenen Fleisches wache ich auf. Noch leicht benommen genieße ich seine Nähe und die Geräusche des schlagenden Herzens unter meinem Ohr. Ich liege halb auf ihm und meine Hände greifen nach seinem Bizeps. »Jaxx…«, entkommt es mir, bevor ich meine

Augen öffne und Nan sehe. Ich liege in Nans Armen und Nan streichelt mich. Leicht geschockt lasse ich Nan los. »Es tut mir leid, ich dachte... dachte...« Ich halte inne, weil sich in meinem Hals ein Kloß gebildet hat, den ich verzweifelt zu schlucken versuche. Nan hält mich fest und ich lasse meine Tränen in sein Hemd sickern. Was soll ich machen? Soll ich versuchen, Nan zu lieben? Wenn dies immer mein Schicksal war, sollte ich mich dann nicht ergeben? Nans Lippen auf meiner Stirn, so sanft, lassen mein Herz stolpern ... Nein ... ich ziehe mich zurück und er kommt über mich. Sein Gewicht pinnt mich an die Matratze. Ich schaue ihn perplex an und mein Herz rast. Ich drücke meine Hände leicht gegen seine Brust. »Avi, hab keine Angst, ich werde jetzt nicht mit dir schlafen… Lass dir Zeit. Ich möchte, dass du mich willst...«

»Dann musst du lange darauf warten…«

»Es ist mir egal. Ich möchte nur, dass es dir gut geht!« Nan presst seine Lippen auf meine und lässt mein Herz stolpern, als er mir einen Kuss stiehlt. Sanft, nicht aufdringlich und doch fordernd ... »Ich wollte dich nur einmal schmecken«, sagt er und ich schaue ihn mit subtiler Verwirrung an. Wieso? Wieso hat er das getan? Will er mein Herz mit Gewalt nehmen? Der Mistkerl ist auf dem richtigen Weg, aber meine Liebe zu Jaxx hält mich davon ab, mein Herz für Nan zu öffnen.

»Verzeih mir, wenn es zu voreilig war. Ich mag dich, Avi. Aber ich möchte dich zu nichts zwingen!«

Verdammt, Nan! »Warum bist du so…«

»Hey, seid ihr wach?« Keno unterbricht uns, als er hereinkommt. Nan liegt halb auf mir und sein heißer Atem fängt meinen Mund ein und ich werde rot.

»Oh, ihr seid beschäftigt…«

»NEIN!«, schreie ich und Nan lässt mich lächelnd los.

»Hey, es ist okay!« Nan setzt sich auf und ich staune, weil seine Verletzung anscheinend verheilt ist.

»Dann kommt und esst mit uns.«

»Okay«, antwortet Nan. Keno hebt grinsend seine Augenbraue, bevor er den Raum verlässt.

»Was war das? Eine Geheimsprache?«, möchte ich wissen.

»Nicht, dass ich wüsste.«

»Ist deine Verletzung vollständig verheilt?«

Nan hebt sein Hemd hoch. »Ja. Ich bin wieder topfit!« Er hat einen heißen, muskulösen Körper. Ich muss schlucken.

»Das freut mich. Dieses Gentex ist wirklich eine medizinische Leistung!«

»Aber mein Blatt hat deine Lippe genauso gut geheilt.« Sein Daumen streicht schwer über meine Unterlippe und es kribbelt. Scheiße! Ich schlucke, schon wieder und Nan entgeht es nicht. Aber er bedrängt mich nicht, grinst nur und wir stehen auf.

Wir gesellen uns zu den anderen in die Küche. Mein Herz setzt einen Schlag aus, wenn ich seine zufälligen Berührungen spüre. Scheiße, ich will seinem Charme nicht nachgeben!

»Und wie war eure erste Nacht?«, will Keno es ganz unverblümt wissen.

»Das geht dich einen feuchten Dreck an!«, kommt es Nan barsch über die Lippen, als er mir einen Teller mit Essen bringt. Es enthält nicht nur Fleisch, sondern auch Brot, Obst und frittiertes Gemüse.

»Aha…«, kommentiert Keno.

»Danke.« Ich fühle mich leicht unwohl, meine Stimme ist kaum hörbar.

»Gerne«, erwidert er zurück. Die drei verhalten sich wie Menschen. Haben sie diesen Umgang bei Aria gelernt? Denn wie mir aufgefallen ist, ist Nan eng mit Keno befreundet.

»Aria hat es gekocht!«, sagt Keno.

»Danke.« Ich probiere das Essen und es schmeckt köstlich. »Ich habe fast das Gefühl, auf der Erde zu sein«, sage ich. Ihr seid so menschlich!«, teile ich meine Meinung den beiden außerirdischen Männern mit.

»Aber das bedeutet nicht, dass wir nicht anders sein können«, kommt es von Keno sofort zurück.

»Trotzdem fühle ich mich bei euch wohl.« Zu meinem vollkommenen Glück fehlt nur noch Jaxx.

Nach dem Essen helfe ich Aria beim Abwaschen Ähm … beim Dampfreinigen. Sie haben auch Besteck. Kein Wunder. Nan hat es bei ihnen abgeschaut.

»Liebling, ich wollte dich fragen, ob du und Nan uns zu den Obstbäumen begleiten könntet?«, fragt Aria schnurrend. Keno grinst breit. Ich meine wirklich breit.

»Das müsste klar gehen.«

»Das ist eine gute Idee«, antwortet Nan und greift nach meiner Hand. Ich möchte sie ihm zuerst wegnehmen, aber dann gebe ich auf ...

»Du bist der Beste!«, summt Aria und schnallt ihr Baby in einem Tragetuch an die Brust. Keno nimmt die Hand seiner Frau und wir verlassen gemeinsam ihre Wohnung. Mit dem Aufzug sind wir schnell unten angekommen. Nan hebt mich plötzlich hoch.

»Ich kann selbst laufen«, sage ich und seufze. Verdammt!

»Ja, das kannst du, aber ich möchte dich tragen! Du schaffst allein nicht auf den Brax …«

Das Tier ist sofort da und liegt flach auf dem Boden. Und ein riesiger Dinosaurier springt aus dem Busch. Ich klammere mich an Nan.

»Keine Sorge, das ist Razok, Kenos und Arias Galvak«, sagt Nan.

»Hier leben Dinosaurier?«, frage ich panisch und klammere mich noch fester an Nan, als er versucht, mich auf den Rücken des Brax zu setzen.

»Nein, er ist der Letzte seiner Art! Und zahm!«

»Das stimmt, er wird dir nichts tun!«, bestätigt Aria.

Ich atme tief durch und löse mich erleichtert von Nan. Er klettert auf das Tier hinter mich und zieht mich in seine Arme. Der Brax steht auf.

»Wie soll dein Brax heißen?«, will Nan wissen.

»Wie heißt Beschützer in deiner Sprache?«

»Serpaj[34]«, antwortet er.

»Dann sollte sein Name Serpaj sein!«

»Gut gewählt.«

»Passt auch zu dir …«, sage ich unbedacht. Sein Griff verstärkt sich daraufhin und begreife, warum. Aber Nan hat mir zwei Mal das Leben gerettet.

Auch Keno und Aria steigen auf ihren außerirdischen Dinosaurier und wir folgen ihnen.

---

[34] Beschützer

Das Reiten auf zwei außerirdischen Spezies durch den Dschungel ist ein Erlebnis für sich.

Ich weiß nicht, wie lange wir unterwegs sind, aber schließlich kommen wir an.

Die Männer helfen uns beim Absteigen und die Tiere halten die Position, damit wir die duftenden Früchte pflücken können.

»Schließe deine Augen«, sagt Nan und ich tue es. Will er mich küssen? Ich bin plötzlich aufgeregt. Doch dann drängt sich eine herrlich duftende Frucht an meine Lippen.

»Nimm einen Bissen«, flüstert er und ich beiße hinein. Die süßen Säfte fließen meinen Hals hinunter und ich spüre seine Zunge auf meiner Haut. »Von deinem Hals schmeckt selbst diese ekelhafte Frucht gut«, sagt Nan, als ich meine Augen öffne. *Nan, hör auf, so toll zu sein, hör auf, mein Herz schneller schlagen zu lassen.* Er verzieht dabei das Gesicht.

»Igitt! Wie kannst du nur so etwas essen?«, fragt Keno und wirkt dabei angewidert.

»Ich wollte wissen, wie es schmeckt und ja, die Frucht ist schrecklich!«

Ich lache. Zum ersten Mal, seit Jaxx gegangen ist.

Er sieht zu mir hinunter und grinst. »Aber du schmeckst köstlich!« Seine Worte gehen mir heiß unter die Haut und ich werde unruhig.

***

Mit Netzen voller süßer Früchte machen wir uns auf den Weg nach Hause. In Nans Armen lasse ich den Tag ausklingen. Mein Gemüt ist aufgewühlt und ich bin irgendwie fertig. Aber auch dankbar, dass dieser Mann sich so liebevoll um mich kümmert, obwohl ich abweisend zu ihm bin und … und trotz des Kindes, das ich von einem anderen Mann bekomme.

An einer Gabelung trennen sich unsere Wege. Schnell bringt uns der Brax zu Nans Haus und Nan hilft mir von dem biomechanischen Tier herunter. Er hebt mich hoch. »Die Wurzeln!«, sagt er, bevor ich meinen Mund überhaupt öffnen kann.

Doch als wir zwei Schritte voran gehen, beginnt Serpaj zu Knurren und macht einen Hechtsprung. Nan dreht sich um und ich sehe, wie der Brax jemanden unter sich begräbt. Nan setzt mich ab und zieht seine Waffe.

»Diesmal stirbst du!«, ertönt ein raues Gebrüll, das mir tief unter die Haut fährt. Nan rennt zu dem Tier.

»Jaxx?«, flüstere ich und meine Welt kollabiert. Mein Herz bleibt für einen Bruchteil der Sekunde stehen und ich eile ihm entgegen. Das ist er tatsächlich und alles beginnt sich zu drehen.

»Serpaj, nicht!«, rufe ich als ich sehe, wie er seine Pranke weit ausholt und dabei ist, zuzuschlagen. Gleichzeitig zielt Jaxx auf das Tier. Ich muss mich an

Nan stützen, um nicht umzufallen. Der Brax lässt von Jaxx ab und springt ins Gebüsch.

»Jaxx …« Meine Augen schwimmen in Tränen und ich laufe ihm in die Arme.

»Nanya, du hast mir so gefehlt!« Jaxx holt mich in seine Arme und sein Griff fühlt sich besitzergreifend wie immer an.

»Ich dachte, du bist tot und ich werde dich nie wieder sehen.« Tränen reißen sich aus meinen Augenwinkeln.

»Es tut mir leid, dass ich so lange weg war. Die Zeit in dem Universum, in dem ich war, verlief anders. Ich habe nur einen Tag darin verbracht, während bei euch ein Monat verging. Das wurde mir erst klar, als ich wieder hier landete. Kleines verzeih mir. Ich habe dich schon wieder enttäuscht.«

»Vergeben und vergessen, was zählt ist, dass du zurück bist!«

Jaxx blinzelt auf einmal und sinkt auf die Knie. Sein riesiger Körper ist gebeugt, sein Kopf ruht auf meiner Brust und seine Arme schlingen sich um meine Taille.

»Oh, Baby!«, raunt er und die heißen Vibrationen seiner tiefen Stimme schießen mir unter die Haut.

»Jaxx …« Ich bin perplex, was macht er nur?

Sein wilder Atem knistert auf meinem Bauch, als er seinen Mund in Höhe meines Bauchnabels verharren lässt. Seine Lippen brennen sich durch das dünne Hemd in meine Haut. »Du trägst die Frucht meiner Lenden in dir …«, flüstert er. »Meinen Jungen!« Seine Hände streicheln sanft über den Bauch, als er unzählige Küsse darauf verteilt. Der riesige Mann kniet vor mir und wirkt in diesem Moment so verletzlich.

»Ich lass euch nun allein …«, kommt es von Nan.

»Wir sehen uns«, erwidert Jaxx.

»Bis bald, Nan …« Verlegen sehe ich meinen Retter an, bevor er sich davon macht. Die wirren Gefühle überschlagen sich in mir. Aber jetzt bin ich in seinen Armen und nichts wird uns mehr trennen. Jaxx zieht mich erneut in seinen Griff. Ich streiche durch sein kinnlanges, schwarzes Haar, mein Herz hämmert wie wild in der Brust, während ich meine verloren geglaubte Liebe in den Armen halte.

»Schatz, das ist das beste Geschenk, das mir je gemacht wurde.« Der Riese erhebt sich und hievt mich auf seine Arme.

»Ich dachte, unser Kind würde seinen Vater nie kennenlernen.«

»Ich werde dich niemals mehr allein lassen. Diesmal werde ich mein Wort halten!«

»Ich hoffe es sehr, denn noch einmal so eine Trennung werde ich nicht aushalten.« Beinahe wäre ich mit Nan … Ich schiebe die Gedanken an ihn weg.

»Die wird es nicht mehr geben!«

»Dann möchte ich dir jemanden vorstellen. Aber bitte töte ihn nicht!«

»Na, schön. Ich verspreche es!«

»Serpaj, komm zu mir«, rufe ich den Brax.

»Sag mir jetzt nicht, dass das Tier zu dir gehört.«

»Ich fürchte schon.«

»Du weißt schon, dass er mich töten wollte!«

»Das war der gleiche?«

»Ja.«

»Aber es ist nicht so böse, wie du denkst.«

»Wie konntest du es dir unterwerfen?«

»Ich habe es bloß gerettet und es später mich und Nan …« Ich halte kurz inne. »Wir sind Freunde.«

»Die Brax sind keine Freunde! Sie unterwerfen sich und dann entsteht eine tiefe Bindung. Die gab es bisher nur zwischen den Animal Predator und den Brax. Hat er sich an dich und Nan gebunden? Also hört es auf euch beide?«

»Ja, tut es. Scheint so zu sein …«

»Dann habt ihr beide etwas geschafft, von dem wir glaubten, es sei unmöglich!«

Serpaj springt derweil aus dem Busch und sieht auf uns herab. Der etwa 13[35] Fuß große, mechanische Tier in einer Angriffsstellung.

---

[35] 4 Meter

»Serpaj, das ist Jaxx, mein Mann. Er ist ein Freund!« Serpajs Körperhaltung wird entspannter und er beugt seinen riesigen Kopf herunter, um mich mit der feuchten Nase anzustupsen. »Denkt ihr, ihr könnt euch vertragen?«, frage ich die beiden.

Der Brax schnurrt und reibt sich an mir, ehe er Jaxx' Hand beschnuppert und mein Mann streicht über seinen Kopf. Erst dann legt sich der Brax auf den Boden vor uns. »Ich glaube, wir sind auf dem Weg, Freunde zu werden!«, kommt es von Jaxx. Er hilft mir hoch und steigt hinter mir auf das gewaltige Tier. Augenblicklich verliere ich mich in Jaxx Armen. *Nan, ich hoffe, wir können Freunde bleiben. Aber ich brauche erstmal etwas Abstand, um meine Gefühle zu sortieren …*

»Bring uns nach Hause, Sepaj!«, sage ich zu unserem Brax und er sprintet los.

KAPITEL 11

Es war nicht real, eher wie Magie, als ich sie wiedersah. Sie lag in seinen Armen und schien glücklich zu sein, dann wusste ich, dass ich noch gerade so, um kurz vor zwölf zurückkam. Etwas später und ich hätte sie an ihn verloren …

Der Moment dauerte eine gefühlte Ewigkeit und ich überlegte, was ich tun sollte. Ich musste mich zusammenreißen, um Nan nicht zu verprügeln. Die Art, wie sie sich zusammen verhielten und wie er sie berührte, löste in mir eine tobende Wut aus. Aber ... Dass sie zusammen waren, war allein meine Schuld! Ich hätte sie nicht allein lassen dürfen. Und ich hätte sie niemals in seine Obhut geben sollen. Ich weiß, dass da etwas zwischen den beiden ist. Ich habe ihre Blicke gesehen.

Meine Gedanken verstummen, als wir unser Zuhause erreichen. Es fühlt sich an, als hätte ich es erst gestern verlassen. Was bei mir der Fall ist, aber nicht für sie. Denn für sie war seitdem ein Monat vergangen.

Als sich der Brax hinlegt, steige ich ab und lasse meine Frau vom Tier herunter, ziehe sie dann auf meine Hüfte. Ich trage sie in den Aufzug. »Ich muss es wissen … hat er dich gefickt?«, frage ich.

»Nein! Soweit ist es nicht gekommen.« Sie flüstert und wendet ihren Blick von mir ab. »Er hat mich erst gestern zu sich nach Hause geholt«, fügt sie hinzu.

»Mehr will ich nicht wissen. Was auch immer passiert ist, liegt in der Vergangenheit.«

»Es gibt keinen Grund zur Sorge«, sagt sie, als ich mit ihr den Flur betrete. Ich drücke sie sofort gegen die Wand. Ich will sie hier und jetzt. Ich möchte sie dehnen und ausfüllen, damit sie mich tagelang in ihrer kleinen Fotze spürt. Ich will sie ficken, bis sie ihr Seh- und Hörvermögen verliert. Ihr zeigen, dass ihre kleine Fotze nur mir gehört! Dass sie nur mir gehört!

Ich nehme meinen Bio-Helm ab und werfe ihn achtlos zu Boden, während Lava durch meine Adern fließt. Ich ziehe ihr das Hemd aus, ihre Brüste heben und senken sich schnell. Meine Frau zittert in meinen Armen, ihr glasiger Blick bohrt sich in meinen fordernden. Sie beißt sich auf die Unterlippe, während ich abwechselnd kräftig an ihren Brustwarzen sauge. Sie seufzt bei jeder meiner Berührungen.

Wie im Rausch zerreiße ich ihr das Höschen und ziehe den unteren Teil meiner Rüstung aus, der krachend zu Boden fällt. Dann öffne ich den Reißverschluss meiner Hose. Mein Ständer sondert Vorsperma ab und es tropft vom zuckenden Penis auf den Boden. Mein Schwanz zuckt schon und ich schiebe meine Hose über meine Beine hinunter. Meine Verletzung brennt höllisch. Scheiß drauf. Diese kleine Fotze macht mich verrückt und ich muss sie jetzt haben. Ich wichse den dicken Schaft, bevor ich ihn gegen ihre samtig feuchte Muschi drücke. Sie ist klatschnass und ich ramme mich mit meiner ganzen Länge in sie hinein. Nanya schreit, während ich meine Lamellen vibrieren lasse. Jetzt werde ich etwas sanfter sein, weil ich ihre kleine Wölbung am Bauch spüren kann. Trotzdem stoße ich kräftig zu, was einen Schwall Gleitgel hervorruft, der zwischen den Stößen aus ihr herausspritzt. Ihr heißer Atem trifft meine Lippe, während ich sie mit meinem Mund verschlinge. Zu sehen, wie sie unter meinem Gewicht nach Luft schnappt und sich auf meinem Schwanz windet, macht mich noch heißer.

Meine Widerhaken graben sich in ihr Fleisch und der Fickkolben beginnt, das Sperma in ihre Muschi zu pumpen. Sie kratzt an meinen Oberarmen, während ihre kleine Fotze um meinen Schwanz flattert. Ich knurre und mit jedem Spermastrahl, den ich in sie ablasse, werde ich langsamer. Ihre Hitze brennt an meinen Lippen, während ich sie immer wieder küsse. Und ihre zarten Finger entfachen neue Feuer in mir, während der gemeinsame Orgasmus nachlässt.

Nach dem Höhepunkt trage ich sie ins Schlafzimmer. Ich muss jetzt die Zähne zusammenbeißen, denn jeder Schritt tut höllisch weh. Ich hatte kein Gentex dabei und konnte meine Fleischwunde nur mit einem Verband versorgen. Aber ich spüre, wie die Blutung stärker wird.

»Jaxx, blutest du?«, fragt Avi und schaut mich angespannt an. Ich drehe mich um und sehe eine Blutspur, die von meinem Bein heruntertropft.

»Es ist nur ein Kratzer, kein Grund zur Sorge!«

»Nur ein Kratzer? Bitte zeig mir die Wunde!«

Mitten im Weg bleibe ich stehen. »In Ordnung.« Ich setze sie ab und sie greift nach meinem Jagdmesser in meinem Beinholster. Damit schneidet sie die Hose über der Verletzung auf.

»Der Verband ist voller Blut und es läuft an deinem Bein herunter! »Wo ist dieses … Gentex?«, fragt sie besorgt.

»Im Badezimmer, im Schrank!«

»Ich hole es, aber du musst dich zuerst hinlegen.«

Ich sehe zu, wie mein Sperma an ihrem Bein herunterläuft. Verdammt, das ist heiß. Ich will sie, trotz der Verletzung. Das Vergnügen verdrängt den Schmerz und ich bin wie eine verdammte Maschine, die nur eines tun will: FICKEN!

Aber meine zierliche, winzige Frau begleitet mich stützend ins Schlafzimmer und hilft mir aus dem oberen Teil der schweren Rüstung, bevor sie mir ins Bett hilft. Dann rennt sie buchstäblich aus dem Raum, um Gentex zu holen. Keine Ahnung, warum die Scheiße jetzt blutet.

Ich wollte Avi unbedingt finden, nachdem ich gelandet war und das gefangene Käfertier in die Katakomben gebracht hatte. Zuerst eilte ich nach Hause. Aber sie war nicht da. Alle Fleischvorräte waren weg und ich wusste, dass Nan gekommen war, um sie zu holen. Ich wusste nur nicht, wie lange sie mit ihm zusammen war und ob zwischen den beiden etwas lief. Der Gedanke an eine intime Verbindung zwischen den beiden machte mich krank und ich wollte Nan töten. Ich habe immer noch dieses eine Gefühl in mir, dass ich ihm wehtun möchte. Aber ... Ich blende es aus, weil ich weiß, dass er sich in meiner Abwesenheit um sie gekümmert hat. Ohne ihn wäre sie verhungert. Und ich weiß, dass er sie nicht gefickt hat, schließlich habe ich kein

Fremdsperma an oder in ihr wahrgenommen, dafür spürte ich mein ungeborenes Kind in ihrem Bauch.

Dennoch weiß ich, dass sie nah dran waren, und das macht mich verrückt. Wie soll ich damit umgehen? Ich muss es verdrängen, weil bald mein erstes Kind zur Welt kommt und ich für beide da sein werde. Keine Missionen mehr, nur wenn es keine andere Möglichkeit gibt. Meine Reise hat mir gezeigt, dass ich möglicherweise nicht der Mann bin, der in den Skripten gemeint war. Aber einer der anderen könnte dieser Mann sein. Vielleicht ist das alles nur Blödsinn und es gibt keine Rettung für uns. So oder so, ich muss mit den anderen reden!

Meine Gedanken verstummen, als meine nackte Frau mit herrlich großen Brüsten und kleinem, leicht gewölbten Bauch den Raum betritt. Ihr sexy Moschusduft trifft mich wie ein Hurrikan und mein Mund sabbert. Ich möchte sie ficken und lecken, meine Finger in sie hineinschieben ... sie damit befriedigen und zusehen, wie ihre Löcher zucken ... Meine Gedanken schießen wie Blitze in mein Geschlecht und bringen es zum Zucken. Sie sieht so heiß aus, dass ich alles, selbst den Schmerz vergesse. »Komm auf meinen Schwanz, Frau. Ich will dich ficken!«, raune ich ihr zu und beobachte Gänsehaut auf ihrem Leib. Bestimmend packe ich ihr

Handgelenk, sobald sie neben dem Bett stehen bleibt. Sie nimmt neben mir Platz.

»Aber deine Verletzung, Jaxx! Lass mich sie wenigstens behandeln, bitte. Du blutest!«

Ich knurre unzufrieden. »Also gut.« In ihrer Nähe scheine ich, den Verstand zu verlieren. Aber ich warte mit dem pochenden Glied auf ihre enge, kleine, klatschnasse Muschi, während sie den Verband für mich abwickelt. »Ich muss Wasser und einen Lappen holen«, sagt sie und verlässt sofort den Raum.

Kurze Zeit später steht sie mit einer kleinen Schüssel Wasser neben mir. Sie holt den Lappen heraus und wischt das Blut von meinem Bein. Ich beiße mir auf die Zunge, während der Schmerz mich wie ein Vorschlaghammer trifft.

»Jaxx, wie funktioniert das Gerät?«, will sie wissen. Ich ergreife ihre Hand und zeige ihr, wohin sie drücken soll. Sie tut dies sofort und lässt die flüssige Hautmischung in meine Wunde fließen. Die Wirkung ist sofort spürbar, da das Blut nicht mehr fließt und ich spüre, wie es in mir zu wirken beginnt.

Sie stellt die Utensilien beiseite und setzt sich auf die Bettkante. Ich greife nach ihrer Hand. »Fick den Schmerz aus mir heraus!«, sage ich barsch und ziehe sie auf meinen Ständer, der beim Anblick ihrer üppigen Brüste und ihrer nassen, rosa glitzernden Fotze zu zucken beginnt.

»Jaxx, aber deine …«

»Scheiß drauf! Ich will deine Muschi!«

Sie klettert vorsichtig auf meinen Schwanz und ich schiebe den dicken, vor Lust bebenden Schwanz in ihren Eingang. Ihre Enge haut mich um. Die kleine Fotze erzeugt eine Reibung, die meinen Schwanz zum Summen bringt.

Ich packe sie an den Hüften und grabe mich mit einem Stoß in sie hinein. Avi stöhnt gequält auf, bevor sie mich reitet. Ihre Muschi frisst gierig meinen Schwanz, ich bohre ihn bis zu den Eiern tief in ihre enge Fotze und verwöhne ihre prallen Brüste mit meinen Händen. Ich zwirbele ihre steifen Nippel, bis sie meinen Namen stöhnt. Ihr flüssiges Vergnügen umhüllt mein Glied und die elektrisch geladene Reibung an meinem Schwanz treibt mich zum Höhepunkt. Meine Lamellen vibrieren und die Lust pulsiert in meinem Schwellkörper, während er sich mit ihrem Fleisch verfängt. Unter hohem Druck schießt das Sperma in ihr Loch und sie beginnt zu zucken. Die Kontraktionen ihrer Fotze hauen mich um, während zusätzliches Feuer in mein Becken strahlt.

Ich habe meinen Schwanz arbeiten lassen. Mit jedem Zucken rammt er sich in ihre Enge. Und ich liege mit geschlossenen Augen da, ich kann mein Blut in meinen Adern rauschen hören. Mein Herz schlägt synchron mit meinem Penis, der sich energisch in sie rammt.

Nanya bleibt auf meinem Schwanz, bis er aufhört zu spucken. Dann trennt sich die Eichel von ihrem Fleisch und ich kann den Ständer aus ihr herausziehen.

»Wie konntest du dich so verletzen?« Nanya betrachtet mein Bein. Sie ist noch leicht außer Atem.

»Es war eine Pflanze. Eine fleischfressende Pflanze, die sich in mein Fleisch eingegraben hat. Dort waren so viele davon. Ich bin dem Tod nur knapp entkommen.«

»Eine Pflanze, die so eine Wunde verursacht hat?«

»Ja, es hatte messerscharfe Ranken und Blätter. Sie trinken das Blut.«

»Vampirpflanzen?«

»Was weiß ich?! Aber ich habe euch allen so viel zu erzählen und ich muss mit den Animal Predator reden!«

»Nein, tu es nicht! Sie haben Nan fast getötet, als er und Keno mit ihnen eine Alianz schließen wollten. Sie scheiterten zwei Mal.«, sagt sie besorgt und ich höre einen traurigen Unterton in ihrer Stimme. Ich balle automatisch die Fäuste, wenn sie über ihn spricht.

»Mir passiert nichts, wenn sie hören, was ich zu sagen habe!«

»Jaxx, was hast du da erlebt? Konntest du einen Hinweis auf unsere Erlösung finden?«

»Nicht wirklich. Ich glaube, ich war der falsche Mann dafür.«

Ich ziehe sie an meine Brust. Ihr kleiner zierlicher Leib mit sexy Brüsten und nasser Muschi drückt gegen meinen großen, fiebrigen Körper. Jetzt überwältigen mich all der Stress und die Erschöpfung, die ich aus purer Wut verdrängt habe. Aber ihre Nähe fängt mich wie ein sicheres Netz ein und wärmt mein kaltes Herz, das vergeblich versucht, sich hinter einer Eisschicht zu verstecken. »Nanya, ich liebe dich!«, kommt aus meinem Herzen und von meinen Lippen.

»Ich liebe dich auch! Und ich habe die Hoffnung, dich wiederzusehen, nie aufgegeben.«

Ich drücke sie fest an meine Brust und schließe meine bleiernen Augenlider. Ich kann mit ihr träumen, auch wenn uns eine blutige Invasion droht, ich werde jede Sekunde mit ihr genießen. Ich lege ihre kleine Hand auf meine Brust über mein Herz, weil es nur für sie schlägt. Nur sie kann meinem Herzen Frieden bringen und mich heilen ...

Sie erdet mich und gibt mir Ruhe wie nichts anderes. Völlig glücklich schlafe ich mit ihr auf meiner Brust ein.

AM NÄCHSTEN TAG

Ich spüre, wie ihre nackte Haut tausend Volt in meinen Schwanz sendet. Ich rieche ihre feuchte Muschi, spüre die samtige Wärme und bin sofort in ihren Bann gezogen. Sobald ich meine Augen öffne, drehe ich meine schlafende Frau auf den Rücken. Mein Schwanz ist steinhart, die Eichel platzt fast, als ich spüre, wie der erste Vorsamen aus der kleinen Öffnung herabrieselt, bis auch meine Lamellen zu lecken beginnen. Mein Gehirn versinkt in einem Nebel, als ihre Nähe mich einnimmt und mein Schwanz jetzt das Denkorgan ist ... Ich bin so scharf auf sie.

Ungeduldig spreize ich ihre Beine weit und sie seufzt, als ich sie mit meinem Gewicht auf die Matratze pinnte. Ich verwöhne ihre Brüste, massiere sie mit meinen Händen und sie stöhnt, als ich einen Finger in ihre Muschi stecke und den zweiten hinzufüge. Ihr flüssiges Vergnügen ergießt sich in einem kleinen Schwall auf meine Hand und ich schiebe meinen leicht zuckenden Schlauch in ihre tropfende, kleine Fotze. Ich fange an, meine dicke Eichel in ihr zu bewegen und der Schwanz gleitet in ihre feuchte Spalte, die ich mit meinem Schaft weite. Jeder verdrängte Zentimeter ihrer Muschi drückt gegen meinen Schwellkörper und ich brenne. Ich bewege mein Becken energisch hin und her und treibe mein Geschlecht durch ihre flatternde Spalte. Avi schlingt ihre Beine um meine schlanke Taille und vergräbt ihre Finger in meinen Haaren. Als sie die Augen öffnet, begrüße ich sie mit einem verschmitzten Lächeln, denn ich lächle nur für sie. Ihre erhitzte Haut unter meiner raubt mir den Atem.

Unsere Geschlechter wachsen buchstäblich zusammen, ich beginne in ihr zu vibrieren. Ich öffne meinen Mund und spanne ihn über eine ihrer Titten. Das fühlt sich geil unter meiner Zunge an. Der harte Knopf drückt fest gegen meine kreisende Zunge und Avi hält den Atem an und verkrampft, bevor ich die ersten Orgasmus-Wehen in ihren dunklen, lustvollen Tiefen spüre. Mein Mund bearbeitet die zweite Brust, ich sauge an ihrer harten Brustwarze und spüre, wie Avi unter mir bebt. Ihre Muschi melkt mein riesiges Glied, während ich ihre Titte loslasse und schamlos ihren Mund plündere.

Die Lamellen summen fleißig weiter, massieren ihren G-Punkt und sie schreit ihre ausgebrochene Lust in den Kuss hinein.

Scheiße! Das war zu geil, ihre Muschi zieht sich kraftvoll um meinen Schwanz zusammen und ich gebe meinen Samen in ihre Lusthöhle ab. Meine Widerhaken schießen in ihr zartes Fleisch und beginnen, meinen Schwanz tiefer in sie hineinzuziehen, sodass die ich aus den Lamellen in sie spritze. Das Sperma strömt in Schüben zwischen den Stößen aus Avis zuckendem Loch.

Ich mache eine Pause, lasse meinen Schwanz arbeiten und genieße unseren gemeinsamen Multi-Orgasmus.

Mein Blick bohrt sich in ihren. Ihre Stirn ist leicht feucht und ihr aschblondes Haar klebt an ihrer Haut. Ich streiche es sanft aus ihrem Gesicht und überschütte sie mit zärtlichen Küssen. Wir bleiben verbunden, bis der Orgasmus nachgelassen hat.

»Wie geht es deiner Verletzung?«

»Mir geht es wieder super, Kleines.« Jetzt lasse ich sie los und ziehe mein Glied aus ihrer kleinen Spalte, sobald die Wiederhacken sich von ihr gelöst haben. Ich rolle mich auf den Rücken und sie überprüft mein Bein. Ihre Berührung ist sanft und sie strahlt. »Es ist geheilt«, sagt sie erleichtert. »Es ist unglaublich, dass die Pflanzen dir das angetan haben ... War dieser Planet noch schlimmer als dieser?«

»Er war unbewohnt. Außer einem bedrohlichen Riesenkäfer gab es nirgendwo Leben. Ich weiß nicht, ob es unsere Schöpfer waren, aber die Experimente, die sie durchgeführt haben, gingen schief. Es gab ein Massaker ... und ein riesiges Artefakt, das gezüchtete Krieger und ihre Trophäen im Kryoschlaf beherbergte. Mehr habe ich nicht gefunden. Ich weiß wirklich nicht, ob und wann diese Prophezeiung wahr wird ...«

»Was machen wir, Jaxx?«

»Wir leben und werden zusammen glücklich sein. Was auch immer auf uns zukommt, wir werden es irgendwie abwenden. Und bis dahin werde ich meine ganze Zeit mit dir verbringen. Du hast nur für mich gesungen, Nanya. Schon damals wusste ich, dass du zu mir gehörst!«

Sie lächelt mich an und krabbelt auf mich. »Und ich hatte das Gefühl, ich würde nur für dich singen. Du hast mich gefunden... Genau wie in meinem Lied. Jetzt halte, küsse und liebe mich, Jaxx!«

Ich gebe ihr, was sie verlangt, und wir verlieren uns in unserem eigenen Universum, das nur aus schönen Dingen besteht.

ZWEI STUNDEN SPÄTER

Nan möchte mit mir sprechen und wartet unten vor der Wohnung.

»Was ist los?«

»Ich hatte immer noch Avis Früchte und dachte, sie wollte sie haben.«

Mein Blick erfasst das Netz mit dem Obst in seiner Hand. »Okay, ich gebe es ihr.« Ich spüre langsam, wie die Wut in mir hochsteigt.

»Ich konnte mich noch nicht bei dir bedanken«, fahre ich fort und strecke meine Hand aus, die er ergreift. Gleichzeitig reicht er mir das Netz mit den Früchten.

»Schon gut.«

»Du hast vielleicht dein Wort gehalten, aber ich weiß, dass zwischen euch mehr ist …«

»Wir sind Freunde.« Er schaut zu einem der Fenster hoch und ich folge seinem Blick, treffe Avi. Sie beobachtet uns vom Fenster aus. Meine Wut kocht und meine Brust implodiert.

»Eine Frau und ein Mann können keine Freunde sein! Also lass sie in Ruhe!«, presse ich zwischen den Zähnen hervor. Ja, obwohl ich ihn darum gebeten habe, macht es mich wirklich wütend.

»Und für dich gilt, lass sie einmal allein und ich werde sie dir wegnehmen!«

»Du Bastard! Versuch es und ich breche dir alle Knochen!«

»Das werde ich! Du verdienst sie nicht!«

»Und du schon?!«

»Wie auch immer… Lass das Thema, bevor es eskaliert!« Nan steht mit vor der Brust verschränkten Armen vor mir.

Ich wechsele das Thema, bevor ich ihn zur Brei schlage. Denn meine Fäuste zucken all die Zeit. »Was ist mit Animal Predator und der Allianz?«

»Sie haben das Bündnis abgelehnt.«

»Was hat sich mit dem Planeten, auf dem du warst, ergeben? Hast du eine Lösung gefunden?«

»Nein, nicht wirklich.« Ich beiße die Zähne zusammen, bis mein Kiefer knackt. »Ich muss mit den anderen reden. Ich muss euch was zeigen!«

»Dann berufe ein Treffen ein.«

»Das geht nicht, mein Kommunikator hat nicht mehr funktioniert, seit ich das andere Universum betreten habe …«

»Dann mache ich es für heute Abend klar«, antwortet er. Ich nicke ihm zu. Nan geht.

Seit meine Frau zwischen uns geraten ist, haben wir uns beide verändert. Dabei waren wir gut befreundet. Jetzt ist nur Wut für ihn übrig und es tut mir weh, aber ich brauche Abstand zu ihm. Mit dem Netz voller Früchte laufe ich zurück in den Aufzug.

»Was wollte Nan?«, fragt mich Avi, sobald ich über die Schwelle trete.

»Dir die Früchte geben. Ich gehe jetzt auf die Jagd!« Um erstens mich abzureagieren und zweitens sind meine Gefrierschränke leer. »Du kannst das Obst essen.« Ich trage den Kescher für sie in die Küche.

»Danke, Jaxx. Aber bitte pass auf dich auf und nimm den Brax mit.«

Ich hole sie auf meine Hüfte. »Das werde ich. Mach dir keine Sorgen. Das Treffen mit den anderen ist heute Abend.«

»Du willst die anderen Krieger sprechen?«

»Ja!«

»Heißt das, dass du spät nach Hause kommst?«

»Ja. Es tut mir leid. Ich muss diese Dinge tun, sie sind wichtig.«

»Das verstehe ich. Und ich werde auf dich warten.«

»Ich brauche einen neuen Kommunikator, damit wir in Kontakt bleiben können.«

»Was ist mit deinem passiert?«

»Er ist auf dem fremden Planeten ausgefallen.«

»Deshalb hast du mich nicht kontaktiert?«

»Ja. Ich konnte nicht. Und es war nur ein Tag für mich.«

»Aber eine Ewigkeit für mich...«, sagt sie und seufzt. Ich küsse sie leidenschaftlich und vergesse die Zeit.

***

Mit dem Brax breche ich auf die Jagd auf. Grazyl[36]. grasen an den Wasserfällen nördlich der Katakomben und diese werde ich heute erlegen.

---

[36] Hirschähnliche Tiere, die ein schmackhaftes Fleisch haben.

»Serpaj, nimm die linke Kurve!«, befehle ich und der Brax schneidet zwei männlichen Grazylen den Weg ab. Ich jage nur männliche Tiere, da die weiblichen Tiere häufig trächtig sind. Schlussendlich sorgen sie für den Nachwuchs. Somit bleibt die Anzahl der Tiere im Gleichgewicht. Der Brax holt seine Pranke aus und einer der Grazyl fliegt durch die Luft. Ich werde den zweiten erledigen und springe von Serpaj, kralle mich in den muskulösen Hals des Männchens. Das Tier schlägt Hacken und es ist nicht ganz einfach auf ihm sitzen zu bleiben. Daher handele ich schnell und packe seine Hörner, zwinge seinen Kopf nach unten, sodass das Tier zu Boden fällt. Ich springe rechtzeitig ab und während es versucht aufzustehen, greife ich in sein Geweih und strecke den Hals. Mit einem kräftigen Schnitt schlitze ich ihm mit meinem Jagdmesser die Hauptschlagader in der Kehle auf. Das Blut fließt schäumend und ich werde nass.

Bis zu den Knien bin ich mit seinem Blut besudelt. Ich werde heute nicht mehr töten. Das Fleisch reicht für mindestens drei Wochen.

»Ich hatte schon lange keinen Jagdbegleiter mehr. Du bist gar nicht übel!«, lobe ich mein neues Tier.

Als ich anfange, die Grazyl zu häuten, ertönt ein Knurren. Serpaj fordert seinen Anteil. Aber ich lasse mich nicht drängen. Zuerst trenne ich die Füße des

Grazyls ab, indem ich sie an den Gelenken abschneide. Dann schlitze ich die Haut entlang der Beine nach oben auf und ziehe die Haut vom ersten Grazyl ab.

Der Brax bekommt Sehnen, Knorpel, Knochen und einige andere Abfälle, die zum Essen für uns ungeeignet sind. Er frisst alles auf und legt sich in den Schatten. Die Brax sind biomechanische Tiere, die leben, aber enthalten viel Technologie. Sie sind intelligent und verstehen unsere Sprache. Die Animal Predator fingen sie ein und prägten sie auf ihre eigene Spezies ein, so dass wir zu ihren Feinden wurden. Sie jagten und töteten uns. Aber es ist möglich, sich mit ihnen anzufreunden. Kein Wunder, dass es meiner Frau gelungen ist, das Biest zu zähmen, denn sie hat auch mich besiegt. Ich zeige es ihr nicht, es ist besser, wenn sie nichts davon weiß. Aber die Macht liegt insgeheim bei ihr, nur habe ich eine feste Hand, um sie zu halten.

Ich ziehe die Sehnen raus und löse das Fleisch vom Knochen, lege die fertigen Stücke auf das Fell des Tieres. Dann wähle ich einige starke Sehnen aus und lege sie beiseite, die werde ich später brauchen. Nach und nach zerlege ich die beiden Tiere und lagere das Fleisch in den Fellen, die ich dann mit den Sehnen zu Paketen zusammenbinde. Die beiden ‚Päckchen' kommen auf Serpajs Rücken. Ich binde sie fest an ihn.

Während ich das eine Tier sezierte, wählte ich das Herz und die Leber des Tieres aus. Beide sind noch warm und schön blutig. Ich hänge meinen Kiefer aus und verschlinge sie am Stück. Das frische Blut spritzt und sickert in meine Kehle. Die Organe folgen in meinen Schlund.

Das Herz schmeckt mir nicht nur am besten, es verfügt neben der Leber auch über die hochwertigsten Nährstoffe und essentielle Aminosäuren. Jetzt geht es mir deutlich besser und ich springe auf den Rücken des Brax. »Bring mich nach Hause!«, sage ich und halte ihn fest. Wie ein Pfeil und unermüdlich legt er Meilen in weniger als einer Stunde zurück.

Avi wartet zu Hause auf mich. Ich sehe sie am Fenster und dann setzt sich mein Aufzug in Bewegung und sie rennt auf mich zu. Doch sie bleibt vor mir stehen und schaut mich mit großen Augen an. An ein Bad habe ich nicht gedacht. Normalerweise stört mich das ganze Blut nicht. Nach der Jagd ging ich oft im See schwimmen oder duschte zu Hause. Aber sie war auf diesen Anblick nicht vorbereitet und ihr steht Entsetzen ins Gesicht geschrieben.

»Das ist nicht mein Blut«, sage ich und sie atmet erleichtert auf.

»Du siehst dennoch schlecht aus.«

»Ich weiß, Kleines, und ich werde gleich einfach unter die Dusche springen. Ich muss das Fleisch erst einmal wegräumen.« Avi geht vor und ich trage die schweren Pakete in den Aufzug. Wir fahren gemeinsam hoch und ich bringe alles in die untere Ebene zu den Gefriertruhen, die ich mit dem Fleisch fülle. Und dann stelle ich mich unter die Dusche und wasche das ganze Blut ab.

»Schatz?«

»Ja?«

»Ich habe ein Herz für dich aufgehoben. Es ist wichtig, dass du es isst, damit unser Baby genügend Nährstoffe bekommt.« Ich komme aus der Dusche, bin nass, da ich Zkapzu nicht verwendet habe, weil ich es so erfrischender finde. Die Wassertropfen rollen über meine Muskeln.

»Das Herz? Aber ich kann es braten, oder?«

»Ja natürlich, aber roh wäre es noch besser!«

»Wirklich jetzt, Jaxx?«

»Ich mache nie Witze über Fleisch!«

»Sicher! Du und dein heiliges Fleisch…« Avi bleibt stehen, als sie mich sieht. »Willst du mich heiß machen?«, fragt sie und beißt sich auf die Unterlippe.

»Hat es funktioniert?«

»Oh, ja!«, sagt sie.

»Du weißt, dass ich zu dem Treffen gehen muss?!«

»Ja, fick mich vorher … im Turbomodus!«

Eine Gänsehaut überzieht meine erhitzte Haut und ich knurre. Mit einer Handbewegung löse ich das Badetuch von meiner Hüfte und werfe es auf den Boden. Mit der zweiten, geübten Handbewegung reiße ich ihr das Shirt vom Leib und befreie sie von ihrem Höschen. Meine Frau spreizt ihre Beine für mich, während ich sie auf die Tischplatte setze. Ich schiebe mich zwischen ihre Beine und sinke auf die Knie. Langsam öffne ich ihre Schamlippen mit meinen Fingern und puste leicht auf das nasse, glänzende Fleisch. Sie holt hörbar die Luft. Meine Zunge leckt die klaffende, kleine Fotze und ich schiebe meine Zunge in sie hinein. Ich ficke sie mit schnellen Zungenbewegungen, spiele mit der Klitoris, lasse sie flattern, bevor ich mich erhebe und mein triefendes Glied in ihre enge Muschi treibe. Sie schlingt ihre Beine um meine Taille und ich stoße in sie hinein.

Mein vibrierender Schwanz bringt sie schnell in Schwung und schon bald fällt sie über die Kante. Ihre Muschi melkt meinen pochenden Schwanz, gerade als er sich mit ihrem Fleisch verbindet. Wüste Hitze explodiert in meinen Lenden und meine Eier ziehen sich zusammen. Der Schwanz spritzt den Samen tief in sie hinein. Ich werde langsamer, meine Eichel pulsiert unter Hochspannung. Ihre geile Fotze schluckt mein Sperma und ich verschlinge ihre

Lippen. Sie ist meine Welt, mein Paradies und solange ich sie habe, werde ich bis zum Tod kämpfen. Ich werde nicht zulassen, dass die Eindringlinge ihre Bestien über unseren Planeten schicken, um ihn zu zerstören ... um uns unser zu Hause und unsere Leben zu rauben!

***

Beim Treffen führe ich die anderen zum Käfertier. »Diese Kreatur war das einzige Lebewesen auf dem Planeten … X, würde ich sagen.« Da ich seinen Namen nicht kenne.

»Was zum Teufel ist das?«

»Gute Frage, es frisst Fleisch!« Ich habe das schon herausgefunden und einen Tar-Kadaver an es verfüttert.

»Wir müssen es studieren und dann entscheiden, was wir mit der Kreatur machen.«

»Deshalb habe ich sie hierhergebracht! Ich habe nicht die geringste Ahnung, ob dieses Ding die Herrscher des Planeten in der Pyramide getötet hat oder ob es für uns von Bedeutung ist. Aber ich habe nichts anderes, was auf den Tafeln eingraviert war, gefunden. Aber es gab ein Artefakt ... Es enthielt gezüchtete Super-Kriegerbestien, die sich in der Kryostase befanden. Ich vermute, dass sie sie auf den Planeten entlassen, um solche, wie uns zu töten. Ich glaube, es ging ihnen nie darum, uns gegen die

Animal Predator kämpfen zu lassen, sondern vielmehr darum, dass wir von Anfang an Beute für sie waren ... Beute dieser Superkrieger!«

»Das klingt plausibel und das sollte die Animals zum Umdenken anregen!«, sagt Nan. Ich bleibe objektiv.

»Deshalb muss ich mit ihnen reden!«

»War das alles?« Leto sieht mich fragend an.

»Nein, es gab verschiedene andere Räume im Artefakt, die meine Vermutungen bestätigen. In einem Raum wurden beispielsweise besiegte Arten im Kryoschlaf gefangen gehalten. Verlierer oder Sklaven trugen ihre Schilder und an der Wand stand geschrieben: »Die Toten werden zahlreicher sein als die Lebenden.« Sie löschen alles Leben aus. So sieht es aus!«

»Wir lassen uns nicht unterkriegen!«, sagt Keno.

»Das werden wir nicht, also fliegen wir jetzt zu den Animal Predator und bilden mit ihnen eine Allianz.«

»Ich komme mit! Dieses Mal bestehe ich darauf«, sagt Kreit. »Sie werden auf uns hören, Jaxx!«, fügt er hinzu.

»Okay. Dann gehen wir am besten jetzt.« Zwanzig Krieger begleiten mich. Immer noch nicht genug, aber wir kommen mit friedlichen Absichten.

EPILOG

VIER MONATE SPÄTER

Mein Bauch ist dramatisch gewachsen. Wie kann es sein, dass ich schon einem Ball ähnele? Oder sind die Pradator-Babys einfach nur sehr groß? Meine Muschi tut weh, wenn ich nur an die Geburt denke. Aber es ist noch Zeit. Fünf Monate noch, ich hoffe nur, dass mein Bauch nicht weiterhin so schnell wächst. Ich muss an meinen Mann denken. Er hat sich so gut um mich gekümmert, weil er sein Wort gehalten und mich nie wieder allein gelassen hat. Okay, heute ist eine Ausnahme, denn Jaxx versucht ein letztes Mal, ein Gespräch mit den Animal zu führen, um eine Allianz zu bilden. Nach den letzten paar Fehlschlägen sagte er, dass dies sein letzter Versuch sei. Heute sollten ihn nur zwei Männer begleiten. Ich weiß nicht wer, aber sie sind noch nicht zurück.

Es hat noch keine Apokalypse gegeben, aber es ist trotzdem wichtig, Verbündete wie die Animals zu gewinnen. Denn unser Käfer erwies sich als harmlos, auch wenn er zum Fürchten aussieht. Dank Jaxx haben wir ein zweites Haustier dazu bekommen. Und er war fast enttäuscht, als sich herausstellte, dass es sich nicht um ein böses Monster handelte. Wenn ich es nicht besser wüsste, würde ich sagen, dass der Käfer ein besserer Hund ist. Es bewacht unser Haus und er kann Apportieren. Serpaj und Kjax[37], so heißt der Käfer, sind die besten Freunde geworden. Und Jaxx muss jetzt mehr jagen, weil er noch ein paar Mäuler mehr zu füttern hat. Aber er ist in diese Aufgabe sehr vertieft. Ich kann nicht zählen, wie oft er blutüberströmt nach Hause kommt. Mittlerweile habe ich mich daran gewöhnt und wir haben es richtig schmutzig getrieben, so dass am Ende auch ich voller Blut war... Jaxx ist in dieser Hinsicht ein echter Räuber. Ein ganz normaler Wahnsinn mit meinem heißen Predator und unserem Alltag. Aber es wird nie langweilig. Ich liebe diesen Planeten und meinen Mann noch mehr. Auch unsere Tiere, die uns beschützen, denn der Käfer hat etwas Gutes, das

[37] Der Name ähnelt dem Hundenamen Bello

nicht nur Jaxx zu schätzen weiß. Kjax verströmt einen stinkenden Geruch, den selbst die Tars meiden. Wir sind also vollkommen sicher und ich kann einfach so viel draußen sein, wie ich möchte. Jaxx gab mir etwas zurück, das mir fehlte – die Freiheit im Freien. Aber er ist nie weit weg, also bin ich immer in Sicherheit.

Es ist schon dunkel und Jaxx ist immer noch nicht da. Ich bin jetzt zu Bett gegangen, aber ich kann nicht schlafen. Ich weiß, dass die feindlichen Animal Predator sehr aggressiv und gefährlich sind. Werden sie diesmal zustimmen? Ich hoffe, er wird nicht verletzt oder Schlimmeres. Ich möchte gar nicht darüber nachdenken.

Meine Hand ruht liebevoll auf meinem großen, nein, riesigen Bauch und ich seufze, denn bald sind wir zu dritt. Worauf ich mich wirklich freue, aber gleichzeitig auch Angst habe, schließlich bekomme ich zum ersten Mal ein Baby. Und deshalb möchte ich etwas Zeit mit meinem Mann verbringen, ohne dass er ständig etwas tun muss. Ich hatte wirklich Glück mit ihm, denn er ist ein geschickter Handwerker. Er überraschte mich kürzlich mit einem schönen Kinderbett für das Baby, das er zusammengezimmert hat. Auch wenn bis zur Geburt noch viel Zeit ist, haben wir immerhin ein Möbelstück für unseren Schatz! Trotzdem jagt er normalerweise sehr viel, zu viel.

Deshalb müssen wir für eine kurze Zeit Urlaub machen. Diese Idee trage ich schon lange mit mir herum. Jetzt möchte ich es Jaxx unbedingt erzählen. Ich weiß nicht, was er sagen wird, aber ich hoffe, dass er zustimmt. Das letzte Wort gehört nämlich immer ihm. Ich muss mir nichts vormachen, er ist der Mann und ich habe sofort akzeptiert, dass er die Entscheidungen trifft. Aber ich habe weibliche Waffen, mit denen ich seine Meinung ändern kann.

Deshalb beschließe ich, ihn gebührend willkommen zu heißen, wenn er von den Verhandlungen nach Hause kommt. Und sobald ich ihn um den Finger gewickelt habe, werde ich ihm den Vorschlag unterbreiten. Beim Sex bekomme ich alles, okay, fast alles, was ich will ... Jaxx gibt es mir gerne, wenn das für ihn in Ordnung ist. Ich akzeptiere jede Entscheidung von ihm, weil er immer in meinem Interesse gehandelt hat. Es gibt keinen besseren Mann für mich als ihn! Er ist der Mann aus meinen Träumen! Das war er vom ersten Moment an, als ich ihn sah. Ich bin den Tränen nahe, weil er mich so glücklich macht.

Für ihn stehe ich gerne mitten in der Nacht auf und dusche kurz. Ich ziehe mein Schlafshirt aus und wasche mich mit dem Schlammkern. Anschließend lasse ich das Wasser über mich laufen und reinige mich gründlich.

Wie praktisch, einen Zkapzu zu besitzen, im Bruchteil einer Sekunde bin ich trocken. Meine Haare fallen mir bis zur Taille, meine Brüste wippen schwer, als ich zurück ins Bett laufe. Ich werde ihn nackt empfangen und verführen. Auf Pelze gebettet, warte ich auf ihn, aber die Zeit zieht sich hin …

Ich spüre, wie die Müdigkeit in meine Knochen fließt und sie immer schwerer werden. Ich kann meine Augen kaum noch offenhalten und muss sie für einen kurzen Moment schließen ... Bis ich in einen Traum falle.

***

Sein heißer Atem schlängelt sich über meinen müden Körper. Seine groben Hände folgen seinen rauen Küssen und flüssiges Vergnügen sickert aus meiner Ritze. Ich nehme seine Konturen durch meine flatternden Augenlider wahr. Groß, muskulös und ich sehe unerwartet seine blauen Augen. »Jaxx…«, summe ich schläfrig. »Bist du ein Traum?«

»Ja, schlaf weiter…«, sagt er und seine Zunge spielt um meine harten Nippel, die sich in Richtung seines Mundes strecken. Mein Atem verlangsamt sich und wird schwer, ich greife nach seinen Haaren, während er meine Schenkel weit spreizt und meinen Hintern auf seine Unterarme hebt. Sein Gesicht reibt sich an meinen Brüsten und meinem Bauch, während er mit seiner Zunge über meine Haut gleitet. Ich hebe mein Becken an, als er meinen Bauchnabel erreicht und darüber leckt. Seine kräftige Zunge bewegt sich nach unten und gleitet über meine Scham, rutscht in den tropfenden Spalt. Ich greife nach dem Laken, während er in meinen Kitzler beißt. Der Schmerz blitzt nur kurz auf, bevor seine Zunge den Lustknoten umkreist und warme Wellen über meinen Körper schickt. Sein Knurren vibriert in meiner Muschi, während die Zunge mein nasses Fleisch peitscht. Sein Duft, eine Mischung aus Moschus und Leder, steigt mir in die Nase und ich vergrabe meine Finger in seinem Haar. Seine Hitze frisst sich in mein flatterndes Fleisch. Jaxx saugt an der Klitoris, schiebt seine Zunge in mein Loch und fickt mich. Ich bin dem Abgrund so nah. Seine Hände sind überall, er knetet meine Brüste, zupft abwechselnd an den Brustwarzen und sein plötzliches Gewicht auf mir lässt mich den Atem anhalten.

Etwas Großes schiebt sich zwischen meine Falten, ein Schwall nasser Erregung sickert aus meiner Muschi. Sein energiegeladener Körper reibt an meinem, während sein feuriger Speer mich aufspießt. Die Hitze weitet sich in mir aus und alles kribbelt. Ich schlinge meine Beine um seine Taille und klammere mich an seinen Hals, während Jaxx mich in einen wilden Kuss verwickelt.

Sein Schaft spaltet mich mit großem Dehndruck und ich halte bei den Stößen den Atem an, bis seine Lamellen zu vibrieren beginnen.

Das Fegefeuer pulsiert in mir, als Jaxx' Schwanz meinen G-Punkt trifft. Flammen tanzen auf meiner Haut, während seine Hände über mich streichen. Ich vergesse ständig zu atmen und verbrenne unter seiner Hitze.

Ich kämpfe gegen das allumfassende Gefühl, das mich von überall her trifft, mein Lustzentrum explodiert mit endlosen heißen Schauern und ich zucke zusammen, als das herannahende Crescendo des Orgasmus mich mit voller Wucht trifft. Meine Muschi flattert um sein Glied herum und melkt den riesigen Schaft. Und ich spüre, wie seine Eichel sich an meinem pochenden Fleisch festklammert, um seinen Penis in mich tiefer hineinzuziehen. Jaxx brüllt sein pures Vergnügen heraus, während sein Schwanz in mich spritzt. Unsere Geschlechter pulsieren im Rhythmus unserer Herzen und er küsst mich sanft. Jaxx stützt sich ab, um mich nicht zu erdrücken, aber ich möchte ihn mit jedem Zentimeter meiner Haut spüren. Ein Predator-Orgasmus dauert eine gefühlte Ewigkeit und beschert mir immer wieder neue Höhepunkte, die meinen armen Kitzler auseinanderreißen. Mein G-Punkt flattert, wann immer sein Schwanz in meine Nähe kommt ... Ich wimmere um Gnade. »Bitte, Jaxx, ich sterbe, wenn ich noch einmal komme …« Ich ringe nach Luft und bin fertig.

»Dann sag, was du im Schilde führst! Du hast etwas vor!«, sagt Jaxx, als unser letzter gemeinsamer Orgasmus abgeklungen ist. Er bleibt in mir, seine Muskeln sind angespannt und das Blau seiner Iris sucht nach meiner. Scheiße, er hat mich durchschaut!

»Kann ich meinen Mann nicht so begrüßen? Leider bin ich eingeschlafen, weil du wieder so lange gebraucht hast!«

»Es war eine schöne Überraschung, meine schlafende Schönheit so hilflos und sexy vorzufinden.«

»Erzähl mir lieber, wie es mit den Animals war!«, lenke ich das Gespräch in eine andere Richtung.

Vorsichtig zieht er seinen Schwanz aus mir heraus, das Sperma umhüllt sein riesiges Glied und sein Samen strömt immer wieder aus mir heraus.

»Zumindest haben sie mich, Kreit und Nan nicht sofort getötet. Aber es war nicht leicht, sie zu überzeugen.«

»Heißt das, dass du sie doch auf unserer Seite gebracht hast?«

»Ja. Zumindest etwas erreicht. Das heißt, von nun an können wir über die Grenzen auf ihre Seite treten und umgekehrt. Und bei dieser Gelegenheit werde ich dich entführen!«

»Was meinst du?«

»Auf der anderen Seite von Yerxes Prime liegt ein riesiger Ozean. Ich möchte dort mit dir Zeit verbringen. Du verdienst es! Und ich werde ganz dir gehören!«

»Oh, Jaxx…« Tränen rollen mir über die Wangen. Ich musste nicht einmal um Urlaub bitten, weil er ihn mir einfach geschenkt hat. »Danke, du weißt nicht, was das für mich bedeutet!«

»Schatz, ich kann nicht alles wiedergutmachen, was ich am Anfang vermasselt habe, aber ich werde ein guter Ehemann für dich sein!«

»Du warst du doch die ganze Zeit.« Er ist einfach so, wie er ist. Grob, hart, super dominant, kaum romantisch, na ja, oder vielleicht doch? Wird sich's zeigen, aber ich habe endlich sein Herz erreicht. Und jetzt schlagen drei Herzen im Einklang. Jaxx zieht mich in seine Arme, seine Hand ruht schützend auf meinem Bauch und ich ertrinke in purem Glück.

AM NÄCHSTEN TAG

Ich wache in einem leeren Bett auf. Wo ist mein Mann nochmal? »Jaxx, bist du da?«, rufe ich in die Wohnung und schäle mich unter dem dicken Fell hervor. Keine Antwort. Also gut! Wenn er also nicht sofort auftaucht, werde ich ihn kastrieren... nein, lieber nicht! Dann wäre mein geliebtes Sexspielzeug weg. Ich wickele mich in ein Laken und laufe noch schläfrig durch die Wohnung. Auf dem Tisch entdecke ich einen, mit einer Haube bedeckten Teller. Darauf liegt ein kleiner Zettel mit der sumerischen Schrift: ‚Iss mich'. Ich hebe den Deckel und sehe Fleisch, Brot, Reis und gedünstetes Gemüse auf der Platte liegen. Aber es gibt noch mehr. Besteck … und einen kleinen Becher mit einer Blume darin. Nein, ich muss noch träumen. Hat Jaxx für mich diese rührende romantische Überraschung vorbereitet? Wollte er, dass ich schon wieder vor Freude weine? Es ist ihm mehr als gelungen. Aber das Glück fließt durch meine Adern und ich strahle über mein ganzes Gesicht. Ich setze mich hin und probiere das Essen. Es schmeckt unglaublich gut, ich fühle mich wie auf die Erde zurückgebracht. Es ist auch gewürzt und es gibt fast zu viele Geschmacksnuancen. Ich bin es gewohnt, natürliches Fleisch und süße Früchte zu essen. Aber ich genieße das Frühstück. Zumindest solange ich von der morgendlichen Übelkeit verschont bleibe.

Als plötzlich Musik erklingt, MEINE MUSIK, breche ich in Tränen aus. Und sie kommt von der unteren Ebene immer näher.

Ich drehe meinen Kopf um und sehe meinen Mann völlig nackt mit einem Gerät, das Musik abspielt, in der Hand.

»Jaxx...« Ich stehe auf und laufe direkt in seine Arme. Er lacht, weil ihm das Gerät fast aus der Hand fällt. Ich klammere mich an ihn und er hebt mich auf seine Hüfte. Ich fühle mich immer noch wie ein Kind in seinen großen Armen, aber sicherer als je zuvor. »Wie … Wie hast du das gemacht?«

»Ich habe die Daten extrahiert und auf unseren Speichermedien abgelegt. Allerdings ist die Technologie uralt!«

»Oh mein Gott, du bist verrückt, aber so geil … Mein geiler Mann! Danke, Jaxx, ich ... Ich liebe dich so sehr!«

»Ich liebe dich auch! Du bist mein Leben, Avi. Ich habe gehört und auf der Bühne gesehen. Du hast nur für mich gesungen! Ich habe nicht einmal gemerkt, wie du dich schon an dem Abend in mein Herz gesungen hast … Du bist nicht umsonst meine Nanya, meine Sirene!«

Meine Augen füllen sich mit Tränen und mein Herz bricht vor Glück. »Und ich habe nur dich gesehen, unter allen Menschen habe ich meinen Predator gesehen! Du hast mein Herz gefressen, du abtrünniger Außerirdischer!«

»Zufälligerweise ist es mein Lieblingsgericht!« Er zwinkert mir zu.

»Aber erzähl mir, wie du es geschafft hast, das Essen so gut zu würzen.«

»Nan hat es mir gezeigt. Der Penner und ich haben uns versöhnt!«

»Du weißt nicht, wie glücklich mich das macht. Du hast dich so sehr verändert, Jaxx.«

»Ich muss viel wiedergutmachen! Pack also ein paar Sachen ein! Wir fliegen bald los!«

»Was? Heute schon?«

»Ja, je früher, desto besser. Ich möchte eine schöne Zeit mit dir verbringen!« Jaxx küsst mich rau und seine Hände sind grob wie eh und je ... Das wird sich nicht ändern, aber ich liebe es härter ... Ich beiße ihm buchstäblich auf die Lippen und er legt seine über mein halbes Gesicht ... Okay, ich kann da nicht mit ihm mithalten, er frisst mich förmlich auf. Wir bleiben nur kurz reglos stehen, bevor er seinen Mund wieder kleiner macht und mich nun ganz sanft verwöhnt.

Meine Musik läuft im Hintergrund, während Jaxx mich aufspießt und mich seinen Schwanz reiten lässt. Seit mein Bauch gewachsen ist, ist mein Mann etwas liebevoller geworden. Er wiegt mich auf seinem vibrierenden Schaft und innerhalb von Sekunden schreie ich seinen Namen, während der erste Orgasmus in meinem Lustknoten und der zweite in meinem G-Punkt explodiert. Die beiden heißen Wellen kollidieren und ich muss mich an Jaxx' Schultern festhalten, mein Inneres glüht. Die Lust verbrennt mich. Sein Schwanz wächst mit meiner Muschi zusammen und seine Lamellen schießen zusätzliches Sperma in mich hinein.

Ein Quickie am Morgen hat nie geschadet, obwohl der Morgen laut Jaxx jederzeit sein kann ... Ich genieße einfach das kraftvolle Pulsieren in mir und die Tatsache, dass er eins mit mir geworden ist, weil ich ihn dadurch noch intensiver spüren kann.

Nachdem sich die Orgasmen beruhigt haben, lässt mich mein Mann wieder herunter. »Ich werde das Geschirr abwaschen und dann packen«, sage ich.

Jaxx beugt sich herunter und küsst mich. »Beeil dich, ich ziehe mich eben an«, antwortet er. Es ist fast wie ein normales Leben auf der Erde. Aber fast, nur ist es viel besser. Ich reinige das Geschirr unter dem Dampf und folge meinem Mann ins Schlafzimmer. Gemeinsam bereiten wir uns auf den Urlaub vor.

Kurze Zeit später trägt er nicht nur meine Tasche, sondern auch mich. »Du verwöhnst mich bis ins Mark.« Wir steigen in den Aufzug und fahren nach unten.

»Du bist meine Frau und das mache ich gerne! Ich werde dich bis zum Ende meiner Tage auf meinen

Händen tragen, dich lieben …« Seine Lippen berühren meine Stirn.

»Warum bringst du mich heute die ganze Zeit zum Weinen? Jaxx …Es ist so schön, was du gesagt hast!«

»Das ist das, was ich fühle. Und jetzt…« Jaxx sprintet praktisch mit mir zum Shuttle, den er vor unserer Wohnung geparkt hat. Wir betreten es über die Rampe und unsere Tiere jaulen, weil sie mitkommen wollen.

»Serpaj, Kjax, bei Fuß!«, ruft Nan und seine Stimme lässt mich erbeben. Ich bin plötzlich verkrampft.

»Was machst du hier, Nan?«, frage ich. Wenn ich ehrlich sein soll, habe ich ihn vermisst. Weil er mir sehr viel bedeutet, aber eher wie ein Bruder.

»Ich spiele den Aufpasser eurer Tiere!«, sagt er, als er über die Rampe auf uns zukommt. »Du siehst gut aus«, fügt er hinzu und sieht mich an.

»Danke, Nan.« Ich wundere mich, dass mein Mann Nan nicht töten will, sonst gab es immer böses Blut ... Jaxx reicht Nan zur Begrüßung die Hand. »Hey, danke, dass du uns die beiden Monster für eine Zeit abnimmst«, sagt er.

»Hey, Serpaj ist auch mein Haustier!«, sagt er ernst.

»Schon gut.«

»Sag es nicht zu laut, sonst wird Kjax traurig«, meine ich.

»Ich werde auf sie aufpassen. Genießt ihr eure gemeinsame Zeit. Es war schön, dich wiederzusehen, Avi.«

»Nan ... Ich habe mich auch gefreut dich zu sehen! Danke, dass du dich so lange um sie kümmerst.« Ich vertreibe meine melancholische Stimmung, die sich in mir auszubreiten versucht. Es gab Mal auch andere Gefühle für ihn, wenn auch kurz …

Fast hätte alles anders kommen können ... Wenn Jaxx an diesem Abend nicht zurückgekommen wäre, hätte ich mich Nan hingegeben. Ich wusste, er würde den Schritt wagen. Ich spürte es mit jeder Faser meines Körpers und verlor bereits gegen seine Anziehungskraft, als plötzlich mein Mann dastand. Aber ich bin froh, dass er pünktlich kam.

»Wir sehen uns bald wieder!«, sagt Nan und springt auf Serpajs Rücken. Der Käfer folgt den beiden.

»Ich habe Nan gerufen«, sagt Jaxx plötzlich. »Er bedeutet dir immer noch etwas?«

»Wolltest du es herausfinden oder warum hast du ihn gerufen?«

»Beantworte meine Frage.«

»Ja, das tut er, aber für mich ist er eher wie ein Bruder.« Ja damit kann ich meine Gefühle für ihn vergleichen.

»Ich möchte Nan wieder in meinem Leben haben, also habe ich ihn deshalb gerufen. Er war einst mein bester Freund und ich möchte ihn nicht aus meinem Leben streichen. Und ja, ich wollte auch sehen, ob meine Eifersucht unbegründet ist und sicherstellen, dass ich keinen Fehler mache.«

»Jaxx, ich finde es schön, dass du dich mit Nan wieder verstehst. Du musst dir keine Sorgen um mich machen. Ich liebe nur dich!«

Jaxx schließt die Rampe und hebt mich hoch. Ich schmiege mich an ihn. »Meine Nanya… du warst aufrichtig«, sagt er und trägt mich ins Cockpit.

Während ich es mir in dem Sessel bequem mache, steht er mitten im Raum und wird von einer Holoblase umhüllt. Er ist so sexy, wenn er das Schiff steuert. Er gibt gekonnt die richtigen Koordinaten in das Holomedium ein und das große Schiff dröhnt unter uns, während wir in den Himmel steigen.

***

AUF DER ANDEREN SEITE DES GLOBUS

Jaxx landet das Schiff und die Holoblase verschwindet. Er kommt auf mich zu und öffnet den Sicherheitsgurt. Ich lande wieder in seinen Armen. Wir verlassen das Shuttle und kommen in einem wahren Paradies an. Das türkisfarbene Wasser wiegt in flachen Wellen und es duftet süß, weil überall wunderschöne Blumen blühen. Hinter uns liegt ein Dschungel und vor uns endloses Wasser. »Jaxx, ich möchte runter und meine Füße nass machen!«

Jaxx setzt mich vorsichtig in den Sand und kniet nieder, um mir die Schuhe auszuziehen. Er ist wirklich so ein wunderbarer Mann.

»Danke Liebling!«

Jaxx nimmt seine Bio-Halbmaske ab. Ich schaue ihn perplex an, als er auch meine losbindet und sie beide in den Sand wirft.

»Was machst du?«, frage ich, denn während ich auf die Bio-Halbmaske verzichten kann, braucht er sie immer, außer Haus.

»Schatz, die Luft ist hier so sauber, dass ich keine Maske brauche!«, antwortet er.

»Es ist eine Schande, dass die Animal Predator hier leben, obwohl sie nicht wie ihr auf gute Luft angewiesen sind. Aber ich bin sehr froh, dass wir diese Dinger jetzt nicht brauchen.«

Jaxx nimmt meine Hand in seine und gemeinsam gehen wir zum Wasser.

Das lauwarme Nass umhüllt meine Füße, ich schließe die Augen und genieße die frische Brise auf meinem Gesicht.

Jaxx zieht mich an sich und sein plötzlicher Kuss fällt auf mich wie tausend Sterne herab. Ich schlinge meine Arme um meinen großen Außerirdischen, der meinen Mund verwöhnt, und ich verliere mich in ihm. Die Zeit steht still und ich genieße ihn mit jeder Faser meines Körpers.

***

Abends liegen wir auf einem dicken Fell direkt am Strand. Wir beide sind nackt, denn wir liebten uns stundenlang. Das ist, dass wir an einem einsamen Strand sind, den nicht einmal die Animal Predator besuchen. Und alle großen Tiere sind im Landesinneren. Je größer das Tier, desto tiefer versteckt es sich im Dschungel. Deshalb genießen wir unsere Zweisamkeit. Jaxx schreibt sumerische Schriftzeichen auf meinen Bauch und ich errate, was er geschrieben hat.

»Ich liebe dich auch«, antworte ich unter dem großen schwarzen Himmel, der vor Sternen funkelt. Jaxx zieht mich an seine Brust. »Für immer«, flüstert er mir ins Ohr und bringt mich erneut zum Weinen. Ich schließe meine Augen, als er das zweite Fell über mich zieht.

»Ja für immer!«, erwidere ich. Auf jeden Fall für immer! Ich schwebe auf Wolke sieben...

ZWEI STUNDEN SPÄTER

»Aber ich dachte, ich hätte noch fünf Monate! Warum kommt das Baby schon jetzt?«, frage ich Jaxx ratlos, der meine Beine angewinkelt hat und in meinem Schoß verschwunden ist.

»Ich wusste es auch nicht, Liebling!«, sagt er.

»Was machst du da? Jaxx?«

»Ich hole unser Baby! Bei der nächsten Wehe muss du pressen«, sagt er. Ich habe jetzt seit einer Stunde schreckliche Schmerzen und kann immer noch nicht glauben, dass das Baby erst nach fünf Monaten auf die Welt kommt. Jaxx' Mund legt sich um meine Muschi und er beginnt kräftig zu saugen. Meine Füße drücken gegen seine Schultern, während ich mit gespreizten Beinen vor ihm liege. Mein Körper ruht teilweise auf seinen Unterarmen.

Ich spüre, wie sein Sog das Baby nach draußen zieht. Der Schmerz überkommt mich und ich zittere unter den Schweißausbrüchen. Seine Hände halten mich sicher und sanft in Position, während er kräftig an meiner Muschi saugt.

Als die nächste Wehe kommt, werde ich vorübergehend blind und schwarze Flecken tanzen durch mein Sichtfeld. Ich atme schnell, während ich anfange zu pressen. Meine Hände klammern sich verzweifelt an das Fell, während der Schmerz mich taub macht ...

»Jaaaxx…«, stöhne ich, als etwas wirklich Großes meine Muschi zerreißt. Die Wehe endet und Jaxx erscheint kurz vor meinen Augen. Sein halbes Gesicht ist voller Blut, das ihm über das Kinn läuft.

»Schatz, du muss noch einmal pressen ... Mit der nächsten Wehe hast du es geschafft!«, sagt er und taucht wieder zwischen meine Beine. Ich nutze die kurze Zeit, um ein Nickerchen zu machen. Doch die nächste fiese Wehe reißt mich aus meinem Sekundenschlaf und ich schreie, als sie mich gnadenlos trifft. Ich glaube, ich sterbe, der Schmerz raubt mir den Atem und meinen Verstand. Ich fühle mich leblos in seinen großen Armen. Aber Jaxx saugt an meiner Vagina unbeirrt weiter. Ich sammle mich und versuche mit letzter Kraft zu pressen.

Der Moment, in dem ich denke, meine Muschi sei in zwei Hälften gerissen, endet und mit ihm der Schmerz, als das Baby aus mir herausrutscht. Ich höre herzzerreißende Schreie eines kleinen Babys und Jaxx erscheint mit unserem Kind vor mir. Er lächelt mit Tränen in den Augen, als er es in ein sauberes Tuch wickelt und es mir reicht. Als ich unseren kleinen Schatz zum ersten Mal in meinen Armen halte, breche ich in Tränen aus.

Ich wische vorsichtig das Blut von seinem kleinen Köpfchen, während der Kleine fleißig nach meiner Brust sucht. Und im nächsten Moment dockt er an.

Sein kräftiges Saugen stimuliert meine Brust und ich spüre, den Milcheinschuss. Während unser Baby seine erste Mahlzeit zu sich nimmt, sitzt mein Mann schon wieder zwischen meinen Beinen. Ich merke nur am Rande, wie er an mir saugt und leckt. Dann spüre ich, wie etwas Kompaktes, Warmes aus mir herauskommt.

Als ich ihn anblicke, sehe ich, wie er die Nachgeburt isst und irgendwann die Nabelschnur durchbeißt. Mir sollte übel werden, aber ich bin fasziniert von ihm und seiner räuberischen Seite. Er ist völlig mit meinem Blut bedeckt, als er sich neben uns setzt und mich in seine Arme nimmt.

»Er ist wunderschön, unser kleiner Krieger!«, sagt er und streichelt den Kopf des Babys so zart, dass er es kaum berührt.

»Ja, das ist er, genau wie sein Papa!«, antworte ich und schließe meine Augen, während unser Baby an meiner Brust trinkt und ich in den Armen meines Mannes liege. Ich bin unendlich erschöpft und doch glücklicher als je zuvor. Ich spüre eine noch stärkere Bindung zwischen uns, weil unser Baby ein starkes Band der Liebe zwischen uns geknüpft hat.

Nachdem der Kleine sich satt getrunken hat, halte ich ihn in meinen Armen, während mein Mann uns ins Wasser trägt.

Die lauwarmen Wellen waschen mich und das Baby sauber, bevor er uns zurück auf die Felle bringt.

Dann springt er selbst ins Wasser und reinigt sich. Mit Zkapzu sind wir drei in Sekundenschnelle trocken und Jaxx hebt mich hoch, bevor er uns ins Schiff bringt.

***

»Es ist spät, lass uns schlafen«, sagt er und legt mich aufs Bett.

»Ich blute immer noch, Jaxx…«, informiere ich ihn, während warme Nässe wie ein Schwall aus mir herausströmt. Mein Mann holt ein Tuch und faltet es mehrmals, bevor er es mir wie einen großen Verband um den Schritt legt.

»Danke.«

»Kein Problem.« Er wischt das Blut von meinem Bein und legt sich neben mich. Ich liege auf seiner großen, breiten Brust. Unser Baby ist in meinen Armen eingeschlafen. Jaxx hält uns sicher über seinem liebenden Herzen. Ich schlafe fast ein. Seine Hände streicheln sanft meine Haut.

»Mein Leben, ich liebe dich…«, kommt plötzlich von ihm und ich halte einen Moment lang den Atem an, damit hatte ich nicht gerechnet. Ich liebe es, es zu hören, wenn er es zu mir sagt. Er sagt es nicht oft, aber wenn er es tut, trifft mich in diesem Moment ein

Hurrikan und ich bekomme eine Gänsehaut am ganzen Körper.

»Ich liebe dich auch, mein Schatz!«

»Schlaf, meine Schöne!«

»Jaxx?«

»Ja?«

»Du hast die Nachgeburt wirklich gegessen?!«

»Ich musste, das ist bei Raubtieren normal, damit man keine weiteren Räuber anlockt. Und es hat so gut geschmeckt«, sagt er.

»Also ... Dann hast du einen Teil von mir gegessen ... in gewisser Weise mich ...« Verrückt, wenn man darüber nachdenkt.

»Ja, in der Tat, und du schmeckst köstlich! Spaß beiseite, Liebling, ich habe getan, was ich tun musste!«

»Woher wusstest du, was du bei der Geburt und danach tun solltest?«

»Instinkt, Schatz! Ich wusste es, als es losging! Meine Intuition hat mich durch den Geburtsprozess geführt.«

»Du warst wunderbar. Danke, dass es dich gibt!«

»Nein, ich bin dankbar für dich, Nanya! Ich werde dich eine Woche lang nicht anfassen! So lange wird es dauern, bis alles dort unten verheilt ist. Du kümmerst dich nur um das Baby und ich erledige den Rest!«, sagt er und küsst mich sanft auf die Stirn. Wir drei sind vereint. Ich in den Armen meiner wahren Liebe. Ich werde ihn bis zum Ende meiner Tage lieben und ihm viele Kinder gebären, denn ich weiß, dass er alles für mich … für uns tun wird und mich nie wieder verlassen wird!

ENDE

STECKBRIEFE

Name: Jaxx Xej

Geburtsort: Unbekannt

Wohnort: Yerxes Prime

Alter: In Erdenjahren: 28 Jahre alt

Größe: 2,60m

Augenfarbe: blau

Haare: schwarz, kinnlang

Rasse: Yerxerianer, Predator

Anstellung: Jäger, Krieger

Hobby: jagen

Eigenschaften: grob, hart, dominant, ungehobelt, gebrochen, besitzergreifend, intelligent, leidenschaftlich, stark, eifersüchtig, räuberisch, animalisch, liebt das Blut, ehrlich, gradlinig, direkt, prinzipiell, beschützend. Er ist ein richtiger Mann, dessen Wort Gesetz ist und er allein die Entscheidungen trifft.

Später: Trägt seine Gattin auf den Händen sowie sein Herz auf der Zunge. In Avi findet er seine große/wahre Liebe, die für ihn bestimmt war.

Name: Aviana Lovejoy/ Xej

Geburtsort: Irgendwo bei Nevada

Wohnort: Yerxes Prime

Alter: 23 Jahre alt

Größe: 1,60m

Augenfarbe: blau

Haare: aschblond, lang bis zur Taille

Rasse: Mensch/Frau

Anstellung: Sprachwissenschaftlerin/Linguistin im Studium

Hobby: Fremde Sprachen

Eigenschaften: wissbegierig, intelligent, mutig, liebt harten Sex, leidenschaftlich, feurig-sinnlich, treu, liebevoll, mitfühlend, hilfsbereit, fleißig. Sie suchte ein lebenslang nach etwas, das sie in Jaxx fand. Von Anfang an wusste sie, er ist der Mann ihrer Träume und ihre wahre Liebe.

GLOSSAR

Biodioden – Pflanzen, die an den Wänden wachsen und mit Hilfe der Symbionten selbst Licht erzeugen.

Brax - Mecha-Beast ist ein biomechanisches Tier, das einem Tiger ähnelt. Sein Schwanz ist gekappt und er erreicht eine Größe von 4 bis 5 Metern.

Gentex - Ein flüssiges Gewebe, das mit Stammzellen angereichert wird, um schnelle Genesung zu erzielen. Meist reicht eine Nacht aus, um die Wunde komplett zu heilen.

Grazyl - Hirschähnliche Tiere, die ein schmackhaftes Fleisch haben.

Fogos - Eine unbekannte Rasse außerirdischer Invasoren.

Tar - Eine Riesenschlange, die sechs Beine besitzt und um die fünf Meter groß werden kann. Sie ist äußerst aggressiv. Ihr Maul kann sich so weit öffnen, dass sie einen Menschen mühelos verschlingt.

Zkapzu - Ein Gerät, der den ganzen Körper wie ein Fön in Sekundenschnelle trocknet.

Masato-Pilz - Ein highmachender, schmerzlindernder Pilz, der an feuchten Orten wächst und geraucht werden, bzw. sein Qualm eingeatmet werden kann. Aber er regt auch die sexuelle Erregung an.

Rake – Eine harpunenähnliche Waffe, die starke Stromentladungen in das Opfer abgibt. Wird bei Predator zum Betäuben benutzt.

Zrkan – Eine Waffe, die auch kleine Flammen erzeugen kann.

Mosato-Pilz - Ein schmerzlindernder, highmachender Pilz, der auf Yerxes Prime beheimatet ist.

Murra-Schlamm - Ein bestimmter Schlamm, der entschlackend und säubernd beim Duschen wirkt.

Zigonie - Heilkraut, die beim Formen der Arzneikugeln hilft und darüber hinaus adstringierende (zusammenziehende) Eigenschaften besitzt. Dadurch schließt sich die Wunde schneller.

ALIENWELT

YERXES PRIME ist ein weit entfernter Planet, der rund 100 Millionen Lichtjahre von der Erde entfernt, in der Quaskal Nebel Galaxie versteckt liegt.

Der Planet ist von einem dichten Dschungel überwuchert. Durch die Anomalie gibt es eine zweite Welt im Innern von Yerxes Prime. Diese wird von den Schneemonstern, den Alien-Yeti bewohnt.

Der Planet beherbergt viele gefährliche Kreaturen, die einen fressen wollen. Somit befinden sich die Predator in der immerwährender Jagd: Fressen, oder gefressen werden.

JAXX BEHAUSUNG ist ein aus vielen Modulen zusammengesetztes Haus, das auf einem Felsen platziert ist. Um ihn gegen gefährliche Tiere zu schützen ist es hoch genug von dem Boden entfernt. Ein Titankäfig-Aufzug führt in die, über dem Boden schwebende Behausung.

Die Einrichtung ist sehr minimalistisch eingerichtet. Neben einem Bad mit der Toilette, gibt es eine Küche, jedoch ohne den Herd. Predator essen ihre Beute roh, am Stück.

Das Schlafzimmer, die Waffenkammer, die Vorratskammer und einige kleinere Räume ergänzen das Haus des Predators.

JAXX XEJ IST EIN PREDATOR, Yerxerianer Predator ist eine starke Alien Rasse, die für die Jagd perfektioniert wurde. Die Predator wurden auf Yerxes Prime als Invasoren ausgesetzt und leben in einer immerwährenden Jagd. Ihre Triebe wurden blockiert, damit sie nur für die Jagd leben und das Gleichgewicht auf den zugrunde gehenden Planeten wiederherstellen. Sie gehören zu einem Experiment, in dem sie gegen die Alien-Predator bestehen müssen. Sie wissen nicht, woher sie stammen und wer ihre Erzeuger sind. Die Predator essen häufig während der Jagd und verschlingen ihre Beute häufig am Stück, oder kleineren Stücken, die sie sich zurechtschneiden. Sie hängen ihren Kiefer aus, um das Fleisch am Stück herunterzuschlingen. Wie bei den Schlangen bestehen ihre Unterkiefer aus zwei getrennten Hälften. Diese können sie unabhängig voneinander bewegen. Ebenso sind ihre Ober- und

Unterkiefer nicht miteinander verwachsen. Wodurch sie ihren Mund ganz weit aufreißen können. Predator bekommen nur männlichen Nachwuchs. Sie müssen sich ihre Frauen von der Erde holen, mit denen die DNA-Übereinstimmung am größten ist.

EIN BRAX, ODER MECHA-BEAST ist ein biomechanisches Tier. Die Herkunft des Tieres ist unbekannt. Sie sind lebende Tiere und brauchen Nahrung zum Überleben und Sauerstoff zum Atmen. Sie stecken voller Technologie und sind sehr stark. Sie unterwerfen sich einem geeigneten Begleiter. Es können mehrere Personen seine Begleiter werden. Dann entsteht eine tiefe Bindung. Allerdings existierte diese früher nur zwischen dem Animal Predator und dem Brax.

LESEEMPFEHLUNGEN

Weitere Bücher von Liv Gray findet ihr hier:

https://www.amazon.de/Liv-Gray/e/B0BYBH9HTS

Weitere Bücher unter dem Pseudonym Olivia J. Gray findet ihr hier:

https://www.amazon.de/Olivia-J-Gray/e/B07FXZBJQ7

Printed in Poland
by Amazon Fulfillment
Poland Sp. z o.o., Wrocław

26073581R00140